나쁜 점수

나쁜 점수

클레르 쥘리아르 지음 | 윤경 옮김
처음 찍은날 | 2011년 8월 19일
처음 펴낸날 | 2011년 8월 26일
펴낸이 | 정세민
펴낸곳 | ㈜크레용하우스
출판등록 | 제5-80호
주소 | 서울 광진구 구의동 58-8
전화 | (02)3436-1711
팩스 | (02)3436-1410
홈페이지 | www.crayonhouse.co.kr
이메일 | crayon@crayonhouse.co.kr

Les Mauvaises notes
by Claire Julliard

World copyright ⓒ 1997 L'école des loisirs, Paris
First edition published in 1983 by Editions de l'Amitié - G. T. Rageot, Paris
Korean translation copyright ⓒ 2011, CrayonHouse co., Ltd
This Korean edition is published by arrangement with L'école des loisirs
through Bookmaru Korea Literary Agency in Seoul.
All rights reserved.

이 책의 한국어판 저작권은 북마루코리아를 통한 L'école des loisirs와의 독점 계약으로
㈜크레용하우스가 소유합니다. 신저작권법에 의하여 한국 내에서 보호를 받는
저작물이므로 무단 전제와 복제를 금합니다.

ISBN 978-89-5547-247-9 73860

나쁜 점수

클레르 쥘리아르 지음 윤경 옮김

크레용하우스

차례

형편없는 성적	• 6
아카시아 임대 아파트 단지	• 14
바르부	• 21
정말로 떠나다	• 28
경찰서에서	• 41
아네트의 소원	• 52
귀환	• 57
비뉴에서	• 64
다뤼 영감을 조심할 것	• 76
장난꾸러기 암소들	• 83
비두의 부모님	• 91
폴의 귀가	• 99
비뉴에서의 크리스마스	• 108
허리케인과 쀠리	• 113
데릭의 푸른 수첩	• 131

형편없는 성적

데릭 군은 수업 시간에 딴생각을 많이 합니다.
데릭 군은 수업 시간 내내 좁니다.
데릭 군은 산만합니다.

'이 녀석, 정말 뭐 하나 제대로 하는 것이 없군. 수업을 방해하든지, 아니면 아예 결석이나 하고 말이야!'

집에 돌아온 데릭의 아빠, 르장드르 씨는 치밀어 오르는 분노로 금방이라도 폭발할 것 같았다. 아들의 성적표는, 그의 표현으로 말하면 상식을 벗어나는 것이었다.

'이 아이가 내 자식이라고? 난 항상 우리 가족의 자랑거리였어. 엔지니어 자격증까지 딸 정도로.'

아들에 대한 선생님들의 평가는 그를 망연자실하게 만들었다.

"이런 창피를 당하다니, 차라리 자식이 없는 편이 낫겠어!

성적도 형편없고, 선생님들도 불평이고. 데릭, 넌 날 미치게 만들 작정이냐?"

아빠가 흥분해서 소리쳤다.

데릭은 고개를 푹 숙였다. 잔뜩 주눅이 들어 엄마를 곁눈질로 보았지만 소용없었다. 무표정한 얼굴의 엄마는 아무런 내색도 하지 않고, 잠자코 시선을 창문 쪽으로 돌렸다.

'무슨 생각을 하는 거지? 밖에 뭐가 있나?'

데릭은 생각했다.

"대답해 봐!"

아빠는 여전히 고함을 질렀다.

"모르겠어요."

"학교도 가족도 우습다 이거지? 도대체 네 머릿속에는 뭐가 들어 있는 거냐? 이 성적표, 다시 한 번 읽어 줄까?"

"제발 그러지 마세요, 아빠!"

데릭은 애원했다.

"영어 빵점, 수학 삼 점, 국어 이 점, 결석, 빵점, 결석, 또 결석……."

데릭은 두 손으로 얼굴을 가렸다.

"내가 얘기할 때는 똑바로 들어!"

아빠는 버럭 소리를 지르고는 분에 못 이겨 데릭의 멱살을 잡고 흔들더니 마침내는 뺨을 연달아 두 번 때렸다.

엄마는 말릴 겨를도 없이 일어난 일에 한숨만 푹 쉬었다.

"네 방에 들어가 있어. 꼴도 보기 싫다!"

아빠는 데릭을 외면한 채 쏘아붙였다.

"휴우."

데릭은 이 정도로 끝난 것만으로도 다행이라고 생각하고는 서둘러 자리를 떴다.

데릭은 침대에 엎드려 얼굴을 베개에 파묻었다. 이런저런 생각이 머릿속에서 요동쳤다.

'아빠는 항상 고함만 쳐. 성적 좀 나쁘다고 인생이 뭐 그리 달라지나? 성적이 좋았을 때는 칭찬 한마디 없이 그게 정상이라고 하고는 끝이었잖아. 하여튼 매일같이 소리만 지른다니까. 어제는 옆집이 시끄럽게 해서 소리 지르고, 그 전날은 회사 사장님 때문에 소리 지르고 말이야. 또 자기가 뭘 엎질렀을 때는 욕설을 퍼부으면서 나보고는 욕하지 말라고 하고. 부모들이란 항상 걱정거리를 달고 다닌다니까. 난 결혼 같은 거 절대 하지 않을 거야. 아빠는 저녁마다 안방을 걸어

다니면서 구시렁거리고 언제나 신경질만 내. 엄마는 생각이란 걸 절대로 안 하는 것 같아. 그저 아빠 말만 들어줄 뿐이지. 어른들은 항상 기분이 안 좋아. 아니면 슬프든지. 그것도 아니면 피곤해하지. 참는 것도 못해. 친구도 없어. 항상 돈 문제로 다투기나 하고. 돈이 있다고 해도 행복해하지 않으면서 말야. 게다가 표정을 보면 정말 소름 끼쳐. 진짜 꼴도 보기 싫어. 난 절대로 어른들처럼 되지 않을 거야. 하느님, 제발 어른들처럼 되지 않게 해 주세요. 선생님들도 마찬가지야. 실력도 없고, 학생들의 마음은 하나도 몰라. 항상 똑같은 옷만 입고 말이지. 그건 그렇고 이제 어린애로 사는 게 지겨워. 누구나 어린애한테는 함부로 해도 된다고 생각하거든. 내가 말을 잘 들으니까 더 그래. 난 이제 어린애가 아니라고. 벌써 열네 살이나 먹었거든.'

데릭은 벽에다 귀를 댔다. 아빠가 엄마에게 화를 내고 있었다.

"다 당신 탓이야. 야단을 좀 치라고! 하고 싶은 건 다 하게 내버려 두잖아. 그만 좀 감싸고 들어!"

데릭은 숨을 죽였다. 이번에는 엄마의 차가운 목소리가 들려왔다.

"감싸지 않아요. 앞으로도 절대 그럴 일 없으니 그만 진정하세요."

곧 크리스마스다. 외할아버지와 외할머니가 집에 올 것이다. 외할아버지, 외할머니는 아빠를 싫어한다. 특히 외할머니가. 그래서 두 사람이 오면 집안 분위기가 나빠진다.
'결국 불똥은 나한테 튈 텐데.'
데릭은 여전히 엉뚱한 생각을 하고 있었다.
"저녁밥 먹고 싶으면 먼저 반성부터 해."
아빠가 벽 너머로 소리쳤다.
데릭은 베개를 집어 귀를 틀어막고는 계속 생각했다.
'둘 다 화병으로 죽어 버렸으면 좋겠어. 어느 날 아침 담임이 들어와서 내게 이렇게 말한다면……. 불쌍해서 어떡하니. 방금 부모님이 돌아가셨다는 전갈이 왔단다. 얼른 집에 가 보렴. 그러면 난 슬픈 척할 거야. 사람들이 내게 돈을 주겠지. 나라에서 돌보아 주는 고아일 테니까. 생활 보호 대상자라…… 듣기 좋은걸. 그리고 다들 이렇게 말하겠지. 불쌍한 데릭, 공부를 잘 못한다 해도 네 책임이 아니야, 그런 일을 겪었으니 오죽하겠니. 난 아빠의 사촌 동생인 마들렌 고모네 집에 가서 살 거야. 고모는 우리 집에 자주 오지 않지만 나한테 잘해 주는 사람은 마들렌 고모뿐이야. 게다가 고모는 예쁘잖아. 나한테 좋은 엄마가 돼 줄 수 있을 거야. 진짜 엄마는 내 편을 들어 줄 생각도 안 하니까. 아니면 학교 수업 시간에 담임이 날 부르는 거야. 데릭 르장드르, 교장 선생님이 찾으신다. 그러면 내가 대답하겠지. 그래요? 무슨 일이죠? 그럼 그 멍청한 담임이 말하겠지. 데릭, 까불지 말고 교장 선생님께 가 봐. 교장 선생님은 이렇게 말할 거야. 데릭 르장드르 군, 새로운 소식을 알려 주겠네. 중대한 일이니 놀라지 말고 잘 듣게. 여기 편히 앉게나. 방금 자네의 진짜 부모님을 찾았네. 자네 이름은 데릭 르장드르가 아니라 마뉘엘르 마누슈야. 아버지는 큰 집시 부족의 족장님이셔. 지금 자네를 찾고 계시네. 자네가 르장드르 씨 부부에게 키워진 것에 대해서는 원망하지 말게. 어머님은 집시 공주님이셨다네. 좀처럼 볼 수 없는 아름다운 여인이었지. 하지만 자네를 낳으면서 돌아가셨지. 자네 아버지 디에고 씨는 울면서 자넬 품에 안고 시청에 출생신고를 하러 갔네. 그런데 거기에서 두 번째 불행이 닥친 걸세. 시청 직원이 자네 아버지의 이야기를 믿지 않고 경찰을 불렀네. 자네를 훔친 아기라고 생각하고 신고한 거지. 그렇게 해서 자존심 강한 집시인 디에고 씨가 감옥에 갇히게 되었다네. 우리말을 잘 못해서 자초지종을 제대로 설명하지 못한 거지. 부족 전체가 법정에 증언하러 왔지만 사람들이 믿지 않았네. 여러 해 동안 아버지는 자네를 찾았네. 그동안 자네는 르장드르 씨 댁에 맡겨진 거였고. 하지만 아무리 자네를 찾아 헤매도 마뉘엘 르 마누슈라는 이름을 가진 아이는 없었기 때문에 자네 아버지는 자네를 찾지 못했지.'

"데릭! 당장 방에서 나와."

그때 아빠가 험악하게 소리를 질렀다.

"하는 짓을 보니 도저히 참을 수가 없어."

아빠가 다가오는 발소리가 들리자 데릭은 몸을 움찔했다. 데릭은 얼른 달려가 문을 단단히 잠갔다.

"당장 열어!"

아빠는 난폭하게 문을 마구 두드렸다. 형용할 수 없는 분노에 사로잡힌 것 같았다. 지금 막 이름 지어진 마뉘엘 르 마누슈는 통쾌함에 비웃음 같은 미소를 지었다.

"가서 드라이버 좀 찾아와! 이 문을 열어야겠어!"

그 순간 데릭은 이 모든 일에 진절머리가 났다. 데릭은 셔츠를 집어 들고 창문을 열었다. 그러고는 오 층 높이의 허공을 잠깐 쳐다보았다. 데릭은 곧장 난간을 넘어 조심스럽게 옆집 베란다까지 갔다. 데릭은 다시 베란다에서 베란다로 건너뛰며 아래로 내려갔다.

옆집에 사는 시모네 부인이 남편에게 말했다.

"방금 요정이 우리 창문 앞으로 지나간 것 같아요. 한번 내다봐요."

시모네 씨는 어깨를 으쓱하고는 텔레비전에서 눈을 떼지 않았다. 그렇게 해서 데릭 르장드르는 십이월의 어느 날 저녁 여덟 시, 파리 변두리 지역인 샤티용 쉬르 우아즈의 길거리에 홀로 남게 되었다.

아카시아 임대 아파트

데릭에게 이제 자유라거나 그와 비슷한 생각이 떠오른 것은 아니었다. 하지만 방금 한 일에 대해서는 털끝만큼도 후회하지 않았다.

어떻게 할지 빨리 생각을 해야 했다. 추위가 닥쳐오고 있었다. 데릭은 집 근처에서 어슬렁거리고 싶은 마음이 없었다. 아빠는 벌써 연장통을 가져왔을 것이다.

데릭은 아카시아 임대 아파트 단지로 향했다. 친구들이 모두 그곳에 살고 있었다. 수업 시간에 종종 같이 도망치는 아이들인데 잭하고 몇 명 더해서 아카시아 아파트 패거리로 불렸다.

데릭은 그 단지에 살기 위해서라면 무슨 일이든 다 할 수 있을 것 같았다. 외관으로야 데릭이 사는 주택이 아카시아 임대 아파트보다 훨씬 더 훌륭하다. 그러나 흥미진진한 일들이 엄청나게 벌어지는 곳이라면 바로 그곳, 아카시아 단지다. 사실 데릭은 그곳에서 어색하고 어설픈 존재였다. 아카시아 단지에 사는, 데릭의 아빠가 불량배라고 부르는 데릭의 친구들은 자기들이 번 돈으로 산 고급 브랜드의 점퍼를 입고 다녔다. 그들에게는 오토바이도 있었다. 이미 남자다운 남자였다.

아카시아 단지에 산다는 것은 정말 행복한 일이었다. 밤늦게 외출해도 부모들이 상관하지 않는다. 아카시아 단지에 사는 아이들은 항상 아파트 단지나 오락실에서 무리 지어 어슬렁거린다. 가끔씩 데릭도 껴 주었다. 간혹 놀림감이 되긴 했지만 데릭은 그들과 어울리는 것이 즐거웠다.

그들은 데릭에게 이렇게 말했다. "어라, 꼬맹이가 왔군." 아니면 "어라, 부잣집 아들이군." 그러나 데릭을 받아들여 보호해 주었고, 데릭에게 진짜 인생이 무엇인지를 가르쳐 주었다. 그들은 아빠가 말하는 것처럼 그렇게 나쁜 아이들이 아니었다. 공부를 못한다는 것, 단지 그뿐이었다. 그들은 중학교를 마치면 공부를 그만두고 직업 연수를 할 거라고 했다. 그들 중 어느 누구도 그들의 부모처럼 나이 먹어서까지 일하는 것은 원치 않지만.

아카시아 단지는 작은 언덕 위에 높이 올라앉아 있었다.

데릭은 땀에 흠뻑 젖어 잭의 집 앞에 도착했지만 감히 초인종을 누르지 못하고 아파트 앞 벤치에 앉았다. 지금쯤이면 잭은 가족과 저녁을 먹는 중일 것이다.

데릭의 귀에 아파트에서 새어 나오는 소리가 들렸다. 누군가 외치는 소리, 웃는 소리, 차고로 들어가는 오토바이 소리, 접시 깨지는 소리, 물 내려가는 소리 등등. 그때 창문 하나가 열렸다. 잭이었다. 데릭은 손을 흔들었다.

잭이 소리쳤다.

"웬일이야? 이리 올라와!"

하지만 데릭은 잭에게 내려오라고 손짓했다.

잠시 후 두 소년은 나란히 벤치에 앉았다.

"집 나왔구나?"

잭이 대수롭지 않게 말했다.

"응."

그들의 대화는 항상 이런 식으로 간단한 게 특징이었다. 그래도 대화에 문제는 없었다. 잭은 주절주절 늘어놓는 걸 좋아하지 않았다.

"잠깐 기다려 봐."

잭은 그렇게 말하고는 공중전화 부스로 달려갔다.

데릭은 아파트 유리창에 어른거리는 그림자들을 쳐다보았다. 다른 사람들의 삶이 자신을 매혹시키는 데 반해 자기의 삶은 관심거리조차 안 되는 것 같았다.

'모든 가정이 우리 집처럼 답답하고 숨이 막힐까? 이 단지에 사는 친구들도 나처럼 가끔씩 방 안을 빙빙 돌까?'

그때 잭이 미소를 지으며 돌아왔다.

"너희 집에 전화해 봤더니 아버지가 받으시더라. 널 바꿔 달라고 하니까 자고 있다는 거야. 잘됐어. 우리 집에 가자. 우리 집에서 자고 가."

'잭은 정말 놀라운 아이야!'

데릭은 잭에게 완전히 사로잡혔다. 잭은 영웅이고, 큰형이며, 데릭이 항상 꿈꿔 왔던 아버지 같은 사람이었다. 그러나 자기가 잭을 좋아하는 만큼, 잭이 자기를 좋아하지 않는다는 것이 데릭에게는 감추고 싶은 상처였다.

'난 잭의 발꿈치도 못 따라가는구나. 잭은 이미 어른이야. 나도 그렇다는 걸 증명할 수 있으면 좋겠는데…… 그런데 어떻게 해야 할지 잘 모르겠어. 오늘 밤만 해도 그래. 잭은 내가 가출했다는데도 별로 놀라지 않잖아. 그런 걸 많이 봐 와서 그렇겠지만…….'

그들은 달음박질쳐서 칠 층까지 올라갔다.

잭의 부모님은 텔레비전을 보고 있었다. 두 사람에게 텔레비전 보는 것 말고 과연 다른 할 일이 있는지 알 수가 없다. 두 사람은 두 마리 고양이처럼 눈을 반쯤 감고 매일 저녁, 매 휴일마다 텔레비전 앞에서 꾸벅꾸벅 졸았다. 잭의 엄마가 이따금 자리에서 일어나 다리미질을 하거나 식사를 준비했지만, 눈은 절대로 텔레비전 화면에서 떠나지 않았다. 그들은 텔레비전에 나오는 미국 드라마를 모조리 시청했다. 진짜 좋아해서라기보다는 습관이었다. 화면이 그들의 텅 빈 눈 아래로 줄지어 지나갔다. 그러나 내용에 대해서는 한마디도 의견을 나누지 않았다.

부유한 텍사스 사람이 증권을 사고파는 장면, 여형사가 맨손으로 싸우는 장면, 칼에 찔린 영웅이 자동차로 추격하는 장면, 간호사가 각진 얼굴의 의사 품 안에 뛰어드는 장면, 스쿠터를 탄 젊은이들이 은행을 터는 장면, 피를 흘리는 보안관이 갱단의 팔에 안겨 숨을 거두는 장면, 턱시도를 차려입은 협잡꾼이 카지노에서 주사위를 던지는 장면……. 그 모든 것이 매일 저녁 두 사람의 무심한 시선 아래 전개되었다.

낮 시간 동안 잭의 아빠는 공장에서 일하고 엄마는 동네

슈퍼마켓 카운터에서 근무했다. 그들은 가끔 다른 가족을 초대하기도 했다. 잭의 엄마는 하얀 식탁보를 깔고, 손님들이 자리에 앉자마자 조용히 음식을 먹었다. 그러나 눈은 항상 텔레비전에 고정한 채였다. 대개 잭은 디저트 전에 식탁에서 일어나 아래층에 있는 친구들에게 갔다.

"우리 집에서는 부모님이 귀찮게 하지 않아. 내 멋대로 살게 놔두거든."

잭이 자주 하는 말이다.

"르장드르네 아이가 왔구나."

데릭을 알아보았는지 잭의 엄마가 말했다. 그뿐이었다.

화면에서는 외계인이 레이저광선으로 도시를 파괴하고 있었다. 데릭은 한순간 소파에 함께 앉고 싶은 마음이 들었다.

"내 방으로 가자."

잭이 말했다.

잭의 방은 선실같이 아주 작았고 이 층 침대가 놓여 있었다.

"아래를 써. 얼마 전에 형이 집을 나가서 비어 있어."

데릭은 만화책 하나를 집어 들고는 곧 빠져들었다. 잭은 오디오에 시디를 넣고 기타를 집어 들며 말했다.

"이거 들어 봐. 우리가 만든 최신곡이야."

잭은 쿠바풍의 음악을 작곡하곤 했다.

데릭은 귀를 기울여 들으며 머리를 끄덕였다. 잭은 녹음된 음악을 기타로 따라 쳤다.

"어떻게 생각해, 꼬맹아?"

"굉장해!"

데릭은 감탄해서 어쩔 줄 몰라 하며 대답했다.

밤이 깊어지자 둘은 잠자리에 들었다. 방 안이 깜깜해지자 가출 소년은 눈물이 날 것 같았다.

"이제 어떻게 할 거야?"

잭의 목소리가 침묵을 가로질렀다.

"잘 모르겠어."

데릭은 둥지에서 떨어진 새처럼 팔을 파닥거렸다.

바르부

크리스마스 방학까지 이틀이 남았다. 집을 나온 첫날, 데릭은 학교에 가지 않았다. 대신 그는 아카시아 아파트 단지에서 어슬렁거리며 지루해했다.

아침 무렵에 잭이 주머니에 샌드위치 하나를 넣어 주었다. 잭의 부모님은 아침 일찍 나가느라 데릭이 간밤에 자기네 집에 있었던 것을 알아차리지 못했다. 알았다고 해도 별다른 말을 하진 않았을 것이다.

잭은 잭대로 무슨 일인지는 모르지만 하여튼 뭔가를 하러 나갔다. 그러면서 데릭에게 저녁 여섯 시에 집에서 조금 떨어진 건물 앞에서 만나자고 했다.

오후 세 시부터 데릭은 오들오들 떨면서 잭을 기다렸다. 기분이 울적했다. 그래도 집에 다시 들어가고 싶지는 않았다. 그럴 마음이 전혀 없었다. 단지 데릭의 마음에 걸리는 것은 부모님이 전혀 보고 싶지 않다는 사실이었다. 데릭은 그 사실 때문에 슬펐다. 부모님이 걱정할 거라는 생각도 들지 않았다. 어떻게 되든 알 바 아니었다. 너무 오랫동안 자기라는 존재가 부모님에게 부담이 된 것 같았다. 왜 그렇게 되었는지 누군가 그 이유를 설명해 주었다면 집에 그대로 남아 있었을 것 같았다.

데릭은 집에만 들어가면 불편했다. 답답한 분위기가 그를 짜증 나고 숨 막히게 했다. 그래서 집에 있으면 자기도 모르게 투정을 부렸다. 그러다가 밖으로 나오면 곧 기분이 나아졌다.

학교에서는 해방감을 만끽하며 집에서 억눌렸던 본능을 발산하느라 수업에 집중하지 못했다. 그래서 들어오는 선생님마다 데릭을 교실 밖에 세워 놓았다. 수업 진행에 방해가 되었기 때문이다. 얼마 전에 데릭은 첫 수업부터 마지막 수업까지 거의 하루 종일을 복도에서 보냈다.

데릭의 생각은 잭이 오토바이를 타고 도착하면서 중단되었다.

"뻣뻣이 선 채로 얼어붙은 것 같네."

잭이 데릭에게 다가오며 말했다.

"아니…… 뭐……."

데릭이 얼버무렸다.

"오늘 밤엔 다른 데로 가야 해. 안 그러면 너희 부모님이 잡으러 올걸."

잭의 말에 데릭의 얼굴이 창백해졌다.

"그렇다고 너무 걱정하지 마. 바르부네 집에 갈 수 있어. 바르부가 괜찮다고 했거든. 걔네 부모님은 밤에 일하니까 네가 집에 있는지도 모를 거고."

데릭은 아무 말도 하지 않았다. 선택의 여지가 없었다. 그러나 할 수만 있다면 바르부와는 만나고 싶지 않았다. 바르부는 쓸모 있는 말이라고는 전혀 하지 않는 애였다. 정신이 나간 것 같이 갈피를 잡을 수 없었다. 어느 날에는 졸린 듯 달팽이처럼 무기력하고, 또 어느 날에는 상대방이 불편할 정도로 친절했다. 그리고 다음 날은 바보처럼 헤헤거리며 한심하기 짝이 없는 농담을 늘어놓았다. 별로 필요하지도 않은 충고를 하고, 흥미롭지도 않은 자신의 장래 계획에 대해 끝없이 떠벌렸다.

아, 바르부의 계획이라니! 바르부보다 어린 데릭이 들어도 그의 계획은 머리가 텅 빈 소년이 머릿속의 어마어마한 빈 공간을 감추기 위해 만들어 낸 허무맹랑한 것임을 알 수 있었다. 여행, 광고 출연, 영화계 진출, 로또 당첨 계획 등등.

바르부는 그 거창한 계획들을 세워 놓기만 하고 실천할 생각은 조금도 하지 않았다. 단지 대화를 유지하기 위해, 또 상대방이 자신을 빨리 싫증 내지 않도록 하기 위해 지어낸 것일 뿐이었다. 바르부는 아무런 흥미를 끌지 못하는 이상한 녀석이었고, 게다가 생김새까지 기묘했다. 엄청나게 마른 데다가 항상 땀에 절어 있고, 여름이든 겨울이든 셔츠를 풀어헤치고 다녔다. 또 사람들에게 일종의 동정심을 자아내서 그가 무슨 짓을 하든 모두 묵인해 주었다. 항상 무언가를 부탁하거나 돈을 빌려 달라고 하는데 희한하게 어느 누구도 안 된다고 하지 않았다. 데릭은 곧 그 이상한 아이의 수수께끼를 이해하게 될 것이었다.

잭은 데릭을 데리고 바르부네 집으로 갔다. 몽롱한 표정의 바르부가 문을 열어 주었다. 바르부의 셔츠 자락이 바지 위로 삐져나와 있었다. 그리고 한 손으로는 머리카락을 움켜쥐고 있었다. 누구라도 바르부가 땀 흘리는 것을 보면 더부룩한 그 머리카락이 그를 무겁게 짓누르고 있다고 생각할 것이다.

"오늘 밤에 너희 집에서 잘 애가 바로 얘야. 아니, 이삼일 더 있을 수도 있지."

잭이 턱으로 데릭을 가리키며 말했다.

"알았어. 하지만 너무 오래는 안 돼. 경찰이 들이닥치는 건 싫거든. 왜 그런지는 너도 알겠지만 말이야."

바르부가 대답했다. 그러자 잭은 바르부에게서 무언가 다짐을 받으려는 듯 말했다.

"그건 그렇고 너, '그거' 가지고 서툰 짓 하면 안 된다."

"날 뭘로 보는 거야? 그런 일은 없어."

바르부가 말했다.

"글쎄 말이다."

잭이 심드렁하게 대답했다. 잭이 자리에서 일어났다. 여자친구와 약속이 있다고 했다.

바르부와 마주 앉은 데릭은 무슨 말을 꺼내야 할지 고민이었다. 바르부네 아파트는 잭네 집과 비슷했지만 벽지가 몹시 보기 흉했다. 주황색과 노란색의 두툼한 꽃들이 사각형과 뒤섞인 벽지였는데, 금방이라도 머리가 돌 것 같았다. 집 안 전체가 비슷한 취향을 보였다. 방에는 자질구레한 장식품, 조개껍데기 기념품, 먼지가 뿌옇게 쌓인 부채, 방울 달린 에펠탑 같은 잡동사니가 가득했다. 보통 때 같으면 데릭은 그런 물건들을 거의 신경 쓰지 않는다. 하지만 오늘은 낯설고 우울한 느낌을 받았다. 잭의 선실 같은 방이 그리웠다.

"이따 저녁때 친구들이 몇 명 오기로 했어."

바르부가 말했다.

데릭은 약간 마음이 놓였다. 이 달팽이 같은 녀석하고 오랫동안 마주 앉아 있을 생각을 하니 끔찍하던 터였다.

저녁에 바르부의 친구들이 도착했다.

"이상한 남자애들과 훨씬 더 이상한 여자애 한 명이군."

데릭은 혼잣말을 했다.

바르부의 친구들은 겉으로 보기에는 그럴싸했지만 절대로 완전한 문장을 말하는 법이 없는 애들이었다. 바르부는 주변에 그런 혼란을 만들어 내는 재주가 있었다. 바르부는 늘 생명이 없고 쳐다보기에도 고역인, 그런 좀비 같은 무리에 둘러싸여 있는 것이다. 그들은 토막 난 문장을 주고받으며 음악을 들었다. 데릭에게는 그 음악을 듣는 것조차 고역이었다.

'잭은 말수도 적고 생각도 깊은데.'

저녁이 깊어 갔다. 바르부가 검은 비닐봉지를 꺼냈다. 애들의 눈빛이 일제히 이상야릇하게 번득였다.

"꼬맹이, 너는 저 방에 가서 잠자리가 준비됐는지 보고 와."

바르부가 데릭을 향해 내뱉었다. 바르부의 친구들은 멍청한 표정으로 히죽거렸다.

데릭은 바르부가 가리킨 방을 한번 둘러보았다. 침대가 하나밖에 없었다. 데릭은 바르부와 함께 잘 수밖에 없다고 결론짓고 무리에 다시 합류했다.

그런데 바르부가 검은 비닐봉지에 얼굴을 묻고 코로 숨을 들이키고 있었다. 다른 친구들도 몸을 숙여 똑같이 따라 했다. 데릭이 그런 광경을 목격한 것은 처음이었다.

바르부는 축 처진 얼굴로 데릭에게도 한번 해 보라고 권했다. 그는 잭과 한 약속을 어긴 것이다. 데릭은 당황한 나머지 얼굴이 창백해졌지만 그냥 따라 했다.

모든 것이 뱅글뱅글 돌았다. 데릭은 몸의 감각을 느낄 수 없었다. 점심때 샌드위치 하나 먹은 뒤 계속된 배고픔도 느껴지지 않았다. 이윽고 데릭도 바르부처럼 꾸벅꾸벅 졸기 시작했다.

잠시 후 토하고 싶은 격렬한 욕구가 데릭의 내장을 뒤흔들었다. 데릭은 욕실로 달려가 변기에 얼굴을 처박았다. 몸 전체가 변기 속으로 빨려 들어가는 것 같았다. 데릭은 비틀거리며 방으로 가서 침대에 몸을 던졌다.

정말로 떠나다

　데릭은 노곤하고 힘이 빠진 상태로 잠에서 깼다. 바르부가 옆에서 자고 있었다. 입가에 살짝 침이 흘러내린 모습이었다. 방 안에는 기분 나쁜 냄새가 떠돌았다. 데릭은 침대에서 벌떡 일어나 외쳤다.

　"샤티용이든 아카시아든 이젠 다 지긋지긋해. 모두들 안녕, 난 떠날 거야. 진짜 떠날 거야!"

　데릭은 '떠남'이라는 단어에 항상 도취해 있었다. 떠난다. 정말 떠난다. 아빠 엄마와 함께 사람들이 바글바글한 바다로 휴가를 떠나는 것이 아니다. 항상 싸움만 생기는 외할아버지 댁으로 떠나는 것도 아니다. 멍청이들만 모이는 스키 강습 여행을 떠나는 것도 아니다. 떠난다, 떠난다. 지금 아니면 혼자서는 영원히 못 떠날 것이다.

　"잭, 왜 나를 이 메스꺼운 바르부와 산송장들 곁에 버렸니?"

데릭은 낮게 웅얼거렸다.

"하루라도 더 여기 머무른다면 나도 저들처럼 될 거야. 저들은 약물에 중독된, 불행한 아이들이야."

데릭은 살그머니 방 밖으로 나왔다. 바르부의 부모님이 돌아왔는지 안방에서 규칙적으로 코 고는 소리가 났다. 데릭은 부엌에서 물을 한 잔 마셨다. 배는 고프지 않았다. 전날 밤의 경험 때문에 식욕이 완전히 사라진 듯했다. 데릭은 현관문 손잡이를 돌리고는 계단으로 빨려 들어갔다.

햇빛이 눈을 찔렀다. 데릭은 마지막으로 잭이 사는 B동 앞에 다시 가 보았다. 잭의 오토바이가 보였다. 그때 잭이 걸레를 들고 차고에서 나왔다.

"탈주자를 다시 만났군."

잭이 놀리듯 말했다.

"이제 어떻게 할 거야?"

잭이 다가왔다. 데릭은 꼼짝도 하지 않고 침묵을 지켰다. 잭은 잠시 데릭의 얼굴을 살펴보았다.

"가만 보자, 너…… 맞아, 확실하군. 어젯밤에 무슨 일 있었지? 바르부는 정말 믿을 수 없는 놈이라니까!"

데릭은 내뱉듯이 대답했다.

"걱정 마, 한번 해 보고 싶었을 뿐이야."

그러자 잭이 빈정거리며 말했다.

"차라리 허세 부리고 싶었다고 그래라. 그 배반자 바르부한테 따져 봐야겠다. 나랑 약속해 놓고도 그런 짓을 하다니."

"그런 건 중요하지 않아. 난 떠날 거야. 그러니 걔를 다시 만날 일은 없어."

데릭의 말에 잭이 대답했다.

"이봐, 내가 네 보모는 아니지만 넌 다시 집에 들어가야 할 것 같다. 설마 내가 돈을 대 줄 거라고 기대하진 않겠지?"

데릭은 즉시 반박했다.

"그런 걱정은 안 해도 돼. 돈은 나도 갖고 있어. 그리고 지방에 사는 친구들도 있고. 걔네들을 만나러 가기로 예전부터 약속했거든!"

"아쭈, 나보다도 거짓말을 훨씬 잘하네. 이봐, 꼬맹이. 네 말대로 한다면 넌 곧장 경찰에게 끌려갈 거야."

하지만 데릭은 잭의 말을 잘라 버렸다.

"부탁이야, 잭. 날 포르트 도를레앙 터미널까지만 데려다 줘."

잭은 미심쩍은 기색을 보였지만 더 이상 말리지 않았다.

대화가 길어지자 피곤했기 때문이다. 잭은 헬멧을 찾아와 데릭의 머리에 씌워 주었다.

"원하는 대로 해. 자, 잘 잡아."

오토바이에 세차게 시동이 걸렸다. 데릭은 다시 멀미가 났지만 이를 악물었다. 터미널에 도착하자 데릭은 말소리가 잘 들리도록 잭의 헬멧에 얼굴을 바짝 붙였다.

"마지막 부탁이야. 가르 드 레스트 기차역까지 가 줘. 그 다음엔 한동안 못 만날 거야."

왜 하필 가르 드 레스트 역일까? 사실 데릭은 어디로 가야 할지 전혀 모르는 상태였다. 그냥 머리에 떠오르는 대로 이야기한 것이었다.

"기차역? 좋아."

잭은 속도를 높였다.

오토바이에서 내리면서 데릭은 지난밤의 기억을 길가 하수구에 토해 냈다.

"바람 좀 쐬면 괜찮아질 거야."

잭이 데릭을 끌어안으며 말했다.

"내가 진짜 네 엄마라도 된 것 같다. 이러다가는 벙어리장갑까지 뜨개질해 주겠군."

잭은 웃음을 터뜨리며 데릭에게 이별의 손짓을 했다.

데릭은 눈을 들어 기차역 지붕을 바라보았다. 새 둥지가 보였다. 데릭은 기차역으로 들어갔다. 이제 기차를 선택해야 했다. 하지만 차표는커녕 핫도그 하나 살 돈도 없었다. 문득 예전에 본 영화 속 주인공이 기억났다. 표가 없는 주인공은 검표원을 피해 화장실로 들어갔다. 좀 오래된 영화이기는 했지만 그 방법은 여전히 통할 것 같았다.

데릭은 낡은 기차를 골랐다. 객실은 만원이었다.

'맞다, 크리스마스 시즌이지. 그래서 복잡하구나.'

그제야 크리스마스라는 생각이 머리에 떠올랐다. 데릭은 화장실 바로 옆 객실을 선택했다. 객실에는 전형적인 기차 승객의 얼굴을 한 사람들이 있었다. 철도청 홍보 영화에 나오는 사람들 같았다. 흥분해서 헐떡거리며 소리 높여 떠드는 중년 부인, 엠피스리를 귀에 꽂고 음악에 정신이 팔린 청년, 작은 안경을 쓰고 회색 망토를 걸친 키 작은 대머리 아저씨와 서로 사진을 보여 주며 낄낄거리는 여자 둘.

데릭은 이 두 여자를 보자 저 바보 같은 웃음소리가 자신의 멋진 여행을 망칠까 봐 증오심이 치밀어 올랐다. 중년 부인이 떠들고 있는 이야기는 기차 승객의 전형적인 화제였다.

듣는 사람들 역시 기차 승객의 전형적인 태도를 취했다. 대답하지 않거나 거북한 미소와 함께 정치인들에 대한 의견을 나누는 것이었다. 청년만 예외였다. 엠피스리 때문에 청년은 귀머거리이자 벙어리이자 장님처럼 보였다.

데릭은 스멀스멀 기어 올라오는 막연한 불안감을 떨치려고 승객들을 하나하나 관찰하기 시작했다. 앞으로 어떤 일이 벌어질지는 생각하고 싶지 않았다. 이전에는 매우 소심하고 단순하다는 평을 받았던 그가 말이다!

데릭은 자신에게 일어난 일을 떠올렸다.

'내가 그 모든 일을 해냈어. 베란다에서 뛰어내리고, 아카시아 단지로 도망치고, 본드도……. 그리고 지금은 표도 없이 기차를 탔어. 잭도 이런 사실을 알면 깜짝 놀랄 거야. 르장드르 부부는…….'

르장드르 부부, 데릭은 문득 부모님을 그렇게 불렀다는 사실에 놀랐다. 이런 식으로 가족을 잊게 되는 건가? 며칠 도망치는 것으로 지난 권태의 세월을 지울 수 있을까? 물론 지금 데릭은 외로움을 느끼고 있었다. 그러나 데릭은 언제나 외로웠다. 외아들이라서 그렇긴 하지만, 그렇다고 해도 부모님과 사이가 좋았다면 충분히 견뎌 냈을 것이다. 남녀 형제가 많은 대가족이 서로 재미있게 사는 걸 봐도 자기가 불행하다고 느끼지 않았으니까.

'르장드르 부부는 나를 성가신 짐처럼 여겼어. 항상 가지고 다녀야 하는 작은 가방처럼 말이야.'

부모님의 모습이 점차 희미해졌다. 그때 객실 안의 친절한 부인이 데릭에게 휴가를 떠나느냐고 물었다.

"쌍둥이 형제를 만나러 가요. 몇 년 동안 못 봤거든요."

데릭은 깊이 생각하지 않고 입에서 나오는 대로 말했다.

부인이 탄성을 질렀다.

"어머나! 정말 보고 싶겠구나!"

"네, 무척 보고 싶어요. 학교에서 성적이 형편없다고 우리를 갈라놓았어요. 학교에서 하는 일이 늘 그렇잖아요. 하지만 그 애가 떠난 뒤로 제 성적은 더 엉망이 돼 버렸죠."

"저런, 누구나 알고 있듯이 쌍둥이는 떼어 놓을 수 없는 법인데. 반쪽 낸 오렌지와도 같지."

데릭이 어렸을 때 사람들은 데릭을 보고 이렇게 이야기했다. '이 아이는 절대로 거짓말을 하지 않아, 마음이 곧고 정직해.' 그런 평판에다 천사 같은 얼굴을 하고 있어서 모든 종류의 작은 속임수가 가능했다. 하지만 그것은 원래 거짓말하는 것을 좋아해서가 아니라 이야기를 꾸며 내는 것이 재미있었기 때문이다. 게다가 아주 진심으로 거짓말을 했다. 그렇지 않았다면 양심상 거짓말을 할 수 없었을 것이다. 거짓말을 하고 나서는 뒤늦게 그렇게 중요한 일은 아니니까 하며 스스로를 위안했다.

데릭의 쌍둥이 이야기는 승객들의 흥미를 끌었다. 이제 사람들은 연민의 정을 느끼며 데릭을 바라보았다. 데릭의 이야기는 모두에게 일어날 수 있는 작은 드라마였다.

그러나 데릭은 정작 자신에게 일어난 드라마 같은 현실은 이해할 수가 없었다.

'우리 부모님이 내게 무슨 짓을 한 거지? 내가 이토록 부모님을 원망하게 되다니!'

잔뜩 화가 난 아빠와 창문을 향해 눈을 돌리던 엄마의 모습이 다시 떠올랐다. 그게 그렇게까지 화낼 일이었나? 단지 성적이 나쁘다는 게?

어린 시절, 데릭은 자립심이 강한 아이라는 평을 줄곧 들었다. 언제나 혼자 자기 방에서 놀았기 때문이다. 그러나 사실은 다른 선택이 없었기 때문이었다. 데릭이 자립심 강한 아이라는 사실은 부모님을 만족시켰다. 부모님은 감탄한 기색으로 "데릭은 몇 시간이고 혼자 내버려 둬도 돼요."라고 이야기하곤 했다. 그렇게 몇 시간이고 혼자 놀면서 데릭은 자신만의 상상에 빠지곤 했다.

검표원이 통로를 지나쳐 기차 맨 앞 칸을 향해 갔다.

"조금 있다가 화장실로 살짝 들어가야지."

데릭은 잘 해낼 수 있을지 자신은 없었지만 그렇게 되뇌었다. 하지만 시간이 지날수록 데릭은 걱정이 되었다. 화장실로 들어가려고 객실에서 나오자 우려하던 검표원의 그림자가 다시 눈에 들어왔다. 그와 동시에 기차의 속력이 줄어들었다. 순간 데릭의 얼굴이 환하게 변하더니 객실의 사람들을 향해 인사를 했다.

"전 여기서 내려요. 안녕히 가세요!"

데릭은 부인의 친절한 눈길을 받으며 기차 밖으로 내달렸다. 생 다미앵 역 플랫폼에 내려선 데릭은 아무 생각도 떠오르지 않았다. '어디로 가야 하지?'라는 생각도, '내가 지금 무슨 짓을 저지르고 있는 거지?'라는 생각도 나지 않았다.

데릭은 대합실에서 잠시 방황하다가 출발 시간표 앞에 우두커니 멈춰 섰다. 어떤 목적지도 마음을 끌지 못했다. 데릭은 지금 어디에 있는지조차 몰랐다. 그래서 그냥 가장 낡고

초라해 보이는 기차를 타기로 마음먹었다. 그래야 검표원을 피할 수 있을 것 같았기 때문이다.

그때였다. 데릭은 정말 골동품 같은 기차를 발견했다. 기차에 오르니 상냥해 보이는 사람들이 음식 보따리를 풀어 놓고 있었다. 데릭은 배와 등이 달라붙는 느낌이 들었다. 어제부터 아무것도 먹지 못했기 때문이다. 하지만 여행에 들뜬 데릭에게 배고픔은 지금까지 그리 중요하지 않았다.

데릭은 전 기차에서 만난 부인과 약간 닮은 부인 옆에 가서 앉았다.

'이 아줌마라면 먹을 것을 나눠 줄지도 몰라.'

부인은 수많은 질문 공세로 데릭을 괴롭히고 나서야 안색이 왜 이렇게 창백하냐고 물었다.

"엄마가 간식 싸 주시는 걸 잊었어요. 그래서 힘이 좀 없어요."

데릭이 신음하듯 말했다.

그러자 부인은 머리를 끄덕이고는 그 불쌍한 소년에게 자상하게 음식을 나눠 주었다. 데릭은 지금까지 알지 못한 멋진 삶을 기차에서 발견했다. 데릭은 수다스럽고 뚱뚱한 아줌마들이 좋아졌다. 새로운 인생의 출발점에서 말이다.

그런 아줌마들이야말로 편안함을 주는 유일한 부류였다. 같은 나이 또래의 여자아이들은 무엇보다도 데릭의 신경에 거슬렸다. 또래 여자아이들은 모두 데릭보다 다섯 살은 더 많아 보였으며, 데릭의 가냘픈 목소리를 놀려 댔다. 그래서 사춘기 소녀들은 비위에 맞지 않았다. 데릭은 아직 여자 때문에 마음이 흔들려 본 적이 없었다.

기차는 천천히 갔다. 오 분마다 작은 역에 정차했다.

배를 채운 데릭은 앞날을 찬찬히 생각해 보기 시작했다. 데릭은 차창 너머의 풍경을 보며 자기가 시골 농장의 일꾼이라고 상상했다. 나이를 속여서 취직한 것이다. 어쨌든 나이는 바뀌는 중이 아닌가. 데릭은 햇볕에 그을린 강인한 모습으로 포도를 수확하는 자신을 상상했다. 얼굴에 편안한 미소가 떠올랐다.

데릭이 아는 곳이라고는 주로 파리 지역과 인근 바다였다. 그래서 시골 생활에 대해 자세히는 몰랐다. 그렇지만 시골에서는 닭을 키우고, 소를 몰며, 포도를 수확한다는 정도는 알았다. 데릭은 그런 농촌다움이 좋았다. 아침 일찍 일어나는 것과 저녁에 수프를 먹는 것만 빼면. 데릭이 농촌에 대해 알고 있는 것은 문법책에서 배운 것이었다. 거기에 나오는 몇 문장이 떠올랐다.

'농부가 황금빛 밀밭을 추수하러 간다. 형용사를 골라 밑줄을 그으시오.'

'조그만 흰닭이 닭장에서 꼬꼬댁거리면 농부의 아내가 모이를 준다. 문장을 복수형으로 바꾸시오.'

'건장한 농부가 밭을 갈고…… 예쁜 흰 염소가 꽃이 핀 들판에서 지루해한다…… 친절한 목동이 장난꾸러기 강아지를 뒤쫓는다.'

샤티용 쉬르 우아즈에 살 때 데릭은 그런 문장들을 읽으면서 시골 생활에 대한 꿈을 꾸곤 했다.

곧 다른 이미지들이 머리에 떠올랐다. 지난해 팔월의 아카시아 아파트 단지. 휴가를 떠나고 싶어도 돈이 없어 가지 못했던 잭의 절망적인 오토바이 질주. 그때 잭은 이를 악물고 이렇게 말했다.

"이 구덩이에서 지내는 건 이번 여름이 마지막이야. 내년에는 아프리카로 가 버릴 거야."

잭의 모습이 다시 떠올랐다. 잭과 그의 패거리가 오토바이를 타고 있었다. 수영장 출구에서 나오는 여자아이들을 노리면서.

"원하면 지금이라도 바다에 갈 수 있어!"

그들은 예쁜 여자아이들에게 그렇게 말을 던졌다. 그러면 여자아이들은 물방울이 떨어지는 머리칼을 뒤로 넘기며 웃음을 터뜨렸다.

방음장치가 된 아카시아 아파트 단지의 지하실에서 연습하던 잭과 그의 록그룹 스트로베리 밴드. 시멘트 바닥에서 웅크리고 잠들었던 달팽이 바르부. 쉰 소리로 노래하면서 허리를 흔들며 춤추던 하늘색 스커트 차림의 소녀.

"시시한 바보 녀석들."

우울한 어느 날 저녁, 잭이 내뱉은 말이었다.

기차가 어느덧 종점에 이르렀다. 데릭은 기차에서 내렸고, 갑자기 온몸에서 기운이 쫙 빠져나가는 것을 느꼈다.

어디로 가야 할지 모르는 가출 청소년 데릭은 기차역에 우두커니 선 채, 한순간 검표원에게 붙들리지 않은 것을 약간 아쉬워했다. 그러나 여기에서 되돌아갈 수는 없었다. 모험을 계속해야 했다.

경찰서에서

데릭은 기차역의 작은 대합실에 몇 시간째 앉아 있었다. 목이 메고 사지가 마비된 듯 옴짝달싹 못하게 된 데릭은 이제라도 되돌아갈까 망설였다. 기차역 창구 직원은 한참 전부터 데릭을 주목하고 있었다. 경찰에 연락한 사람도 분명히 그 직원일 것이다.

콧수염을 기른 경찰관 두 사람, 모리스와 앙드레가 데릭을 로미이 경찰서로 데려갔다.

"아무렇게나 꾸며 대지 마라. 그래 봐야 소용없어."

데릭이 책상 앞에 앉자 경찰관이 말했다.

"어떻게든 네 부모님을 찾아서 집으로 돌려보낼 거야."

조사를 받는 동안 데릭은 자신의 상상력이 놀랄 만큼 뛰어나다는 점을 알아차렸다. 데릭은 자신의 나이가 열여섯 살이라고 했다가, 열다섯 살이라고 정정했다. 모리스와 앙드레는 열다섯 살이라는 말에 멈추었다. 거주지는 에스파냐, 아니

프랑슈콩테 아니 파리, 아니 상파뉴라고 말했다. 데릭은 바캉스에서 돌아오는 길이었다고 했다가 그게 아니라 기차역 플랫폼에서 가족을 잃었고, 가족을 다시 만났다가, 일등실과 이등실을 헷갈렸고, 기차를 잘못 탔고, 불량배들이 자신을 때리고 짐칸에 던졌다고 했다. 모리스와 앙드레는 고개를 연방 끄덕이고는 단순 가출이라고 결론지었다.

그 결론이 데릭의 자존심을 건드렸다. 데릭은 분노로 얼굴이 시뻘게져서 벌떡 일어나 외쳤다.

"아저씨들은 내 인생에 대해 아무것도 모르잖아요. 입 밖에 내지 않기로 약속한 일들도 있단 말이에요. 말했다가는……."

데릭은 비장한 손짓으로 목이 잘리는 시늉을 했다. 추악한 인질극의 희생양이 된다는 생각이 데릭에게는 자극적으로 생각되었던 것이다.

모리스와 앙드레는 데릭에게 이력이 난 듯했다. 앙드레가 데릭을 경찰서 유치장에 가두었다. 유치장 안에는 노숙자 한 명이 긴 의자에 앉아 중얼거리고 있었다. 데릭은 맞은편에 앉아 시선을 노숙자에게서 다른 곳으로 돌렸다. 그러고는 침대에 누웠다가 곧 잠이 들었다.

꿈자리가 뒤숭숭했다. 꿈속에서 데릭은 법정에 있었다. 판사는 잔악해 보이는 커다란 토끼였다. 토끼 옆에는 검사 법복을 입고 가발을 쓴 르장드르 씨가 커다란 몸짓을 해 가며 고래고래 고함을 지르고 있었다. 르장드르 씨는 데릭에게 최고형을 구형했다. 르장드르 부인은 법정 방청석 뒤쪽에 앉아 있었다. 부인은 패션 잡지를 살짝살짝 넘기며 조심스럽게 손톱에 매니큐어를 칠하고 있었다.

"검찰 측 증인을 들여보내시오!"

판사가 명령했다.

한 무리의 해골들이 몰려 들어왔다. 그들은 법정을 빙빙 돌며 죽음의 춤을 췄다. 해골들이 웃으며 이를 딱딱 부딪쳤다. 그러자 다른 폭소가 메아리쳐 응답했다. 데릭이 공포에 사로잡혀 몸을 돌리니 반 친구들이 있었다. 반 친구들은 데릭에게 손가락질하며 박장대소했다.

한 뚱뚱한 부인이 나타났다. 친절한 부인은 피고석 책상에 샌드위치를 가져다 놓고 데릭에게 슬픈 미소를 보낸 뒤 절뚝거리며 사라졌다.

데릭은 주변을 둘러보았다. 법정의 방청석은 이제 비어 있었다. 토끼는 한마디도 하지 않고 데릭의 눈을 똑바로 쳐다봤다. 데릭은 그처럼 잔혹한 토끼를 한 번도 만난 적이 없었다. 데릭은 공포에 사로잡혀 외마디 비명을 지르며 깨어났다.

"도대체 뭐 때문에 이 소란이야?"

노숙자가 긴 의자에서 몸을 돌리며 투덜거렸다.

"조용히 해요. 어린 것이 악몽을 꾼 것 같으니."

당직을 맡은 모리스가 소리쳤다.

데릭은 다시 잠들었고 이번에는 아무 꿈도 꾸지 않았다.

다음 날, 데릭은 일찍 잠이 깼다. 데릭은 경찰관들이 자기 이야기를 하고 있는 것을 들었지만 몇 마디밖에 알아듣지 못했다. 모리스가 그에게 음료수를 가져다주었다.

앙드레가 말했다.

"트루아에 널 데려다 줄 거야. 복지시설로 보내서 가족을 찾을 때까지 네 또래 아이들과 있게 할 예정이야."

그들은 데릭에게 다시 질문하기 시작했다. 데릭은 자신의 이름이 잭이며, 순회 서커스단에서 줄타기 단원이었다고 대답했다. 그런데 실수로 줄에서 떨어져 심술궂은 단장이 자기를 내쫓았는데…….

"그만해!"

화가 머리끝까지 난 모리스가 버럭 소리를 질렀다.

그들은 데릭을 유치장에 내버려 두었다. 이번에는 데릭 혼자였다. 노숙자는 다시 구걸하러 어느 다리 밑으로 갔을 것이다. 데릭은 몸을 벽에 기대고 앉아 양손을 호주머니에 넣은 채 누르스름한 벽에 걸린 커다란 괘종시계를 멍하니 바라보았다. 옆에서 종이 바스락거리는 소리와 경찰관들의 투덜거리는 소리가 들렸다.

한 시간쯤 지나자 칸막이 저쪽에서 소란스러운 소리가 들렸다. 그리고 앙드레가 유치장 문을 열고 들어섰다. 그는 보란 듯이 만족스런 웃음을 지었다.

"이 녀석, 이리 와 봐! 알려 줄 소식이 있다."

모리스와 앙드레의 밝은 표정을 보니 뭔가 새로운 일이 발생한 듯했다. 그들은 데릭의 맞은편에 자리를 잡고는 번갈아 가며 데릭의 얼굴을 뚫어지게 바라보았다. 모리스가 양손으로 사진 한 장을 들었다.

"이 애가 맞아. 틀림없어."

앙드레가 말했다.

"우리한텐 좋은 일이지, 한 녀석이라도 집에 보내기만 한다면!"

모리스가 대답했다.

"자네, 대단하구먼!"

앙드레가 신이 난 목소리로 말했다.

"이걸 보렴. 네 가족이 널 육 개월 동안이나 찾고 있어."

"육 개월이라고요? 하지만……."

데릭이 더듬거렸다. 그리고 곧 데릭의 두 눈은 놀라움으로 동그래졌다. 사진 속 소년은 정말 자신과 쌍둥이처럼 닮았던 것이다. 검은 눈동자도 똑같았고, 약간 뻣뻣한 갈색 머리도 똑같았다. 턱은 약간 억세 보였지만 얼굴이 전체적으로 동글동글해서 데릭과 구분하기가 어려웠다.

"마침내 네 녀석의 진짜 신원을 밝혀냈다. 이름은 뤼도빅 베르나르. 나이는 열다섯 살. 부모님은 농사를 짓고, 주소는 여기서 육십 킬로미터 떨어진 비뉴."

모리스가 말했다.

데릭은 말없이 잠자코 있었다.

"그렇게 가출해 버리다니, 도대체 무슨 생각으로 그런 거냐?"

앙드레가 물었다.

"그만둬. 또 무슨 이야기를 꾸며 낼지 몰라."

모리스가 말했다.

"파리에 가 보고 싶었어요."

데릭은 정신이 아찔한 채로 중얼거렸다.

"그래, 파리에 가 보니 좋던?"

앙드레가 모리스에게 눈짓을 하며 물었다.

"네, 아주 멋있었어요. 기차를 탔고 진짜 좋은 친구들도 만났어요. 빈집에서 몰래 살았거든요."

그때 모리스가 데릭의 말을 잘랐다.

"좋아, 됐다 됐어. 네 부모님에게 전화해야겠다. 내가 네 부모라면 아주 흠씬 두들겨 주겠다. 정말 너는……."

"그만하고 내버려 둬."

앙드레가 말했다.

모리스와 앙드레는 끊임없이 서로를 매몰차게 대하면서도 헤어질 수 없는 오래된 커플처럼 행동했다. 하지만 악해 보이지는 않았다. 아카시아 아파트 단지를 순찰하는 경찰관들과는 전혀 달랐다. 그 경찰관들은 단지 안의 불량배들 때문에 골치가 아파서인지 농담은 별로 하지 않는 편이었다.

"한 녀석이라도 집에 보낸다면……."

모리스가 되풀이했다.

"멋지게 해결했는걸! 애 가족을 찾았다고 복지시설에 전화해. 난 가족에게 연락할게."

앙드레가 대꾸했다.

"아냐, 네가 복지시설에 전화해. 부모에게는 내가 알릴 거야."

"산타클로스 역할을 하고 싶단 말이군?"

앙드레가 빈정거렸다.

누가 보면 어린애들이 다투는 것처럼 서로 자기가 아이를 찾았다는 전화를 하려고 했다.

결국 앙드레가 전화를 걸었다.

"지난 칠월 오 일에 실종된 베르나르 말입니다. 그 애가 지금 제 눈앞에 있습니다…… 예, 그렇게 하지요."

그리하여 데릭 르장드르는 뤼도빅 베르나르를 대신하게 된 것이다.

데릭은 이후의 사태가 어떻게 될지를 생각했다. 뤼도빅의 부모가 자기를 잃어버린 아들로 착각한다는 것은 거의 있을 수 없는 일이다. 그러나 데릭의 모험은 이제 꽤 긴장감 있는 장면으로 접어들었다. 샤티용에 돌아갔을 때 잭이나 다른 사람들에게 이야기해 줄 만한, 믿을 수 없는 화젯거리가 생긴 것이다. 모두들 그를 달리 볼 것이다. 분명히.

인생이란 소설보다도 훨씬 더 기이하고 엉뚱하다. 소설에서는 사건들이 다소간 일정한 흐름을 따른다. 진지하게 시작된 이야기는 진지하게 계속된다. 재미있는 이야기는 끝까지 재미있다. 물론 책이나 영화에도 '희비극적인' 사건들이 있기는 하지만 책 표지나 영화 포스터에서 그런 점을 미리 알려 준다. 만약 그렇지 않다면 대부분의 사람들은 이런 의문을 품을 것이다.

'그러니까 즐거운 거야, 슬픈 거야?'

데릭은 몇 달 전에 봤던 영화가 기억났다. 서로 미워하는 부부의 이야기였다. 처음에는 남자와 여자가 갖은 비열한 짓을 주고받았는데 그건 차라리 코미디 같았다. 예고편에서 미리 코미디 영화라고 알려 주었기 때문에 관객들은 실컷 웃을 준비가 되어 있었다. 그들은 영화관에서 자지러지게 웃었다. 거의 숨이 넘어갈 것만 같은 사람들도 있었다.

그런데 예고도 없이 상황이 악화되기 시작했다. 남편과 아내는 서로 꼴도 보기 싫은 사이가 되어 이윽고 상대방을 살해할 계획을 세웠다. 그다지 아둔하지 않은 데릭은 '희비극적인' 측면을 이미 눈치챘기 때문에 웃음을 멈춘 상태였다. 게다가 함께 보던 잭이 팔꿈치로 데릭을 찔러 웃지 말라고 신호를 보내기도 했다. 그러나 많은 바보들이 아무것도 이해하지 못하고 계속 낄낄거렸다. 마지막에는 결국 남편과 아내가 서로를 죽였다. 이 대목에서 영화는 더 이상 희극도 비극도 아니었다. 음산하고 침울할 뿐이었다. 그러나 끝까지 이해하지 못한 바보들이 끈질기게 박장대소한 것은 어쩔 수 없는 일이었다. 그들은 마지막 자막이 올라가기 직전에야 겨우 이해하기 시작했고, 조금씩 웃음소리가 잦아들었다.

"끝이 좋지 않은데."

어둠 속에서 사람들이 속삭이는 소리가 들렸다. 많은 사람들이 영화관을 나서며 기묘한 얼굴을 했다.

"어쩐지 속은 것 같은 느낌이 들어. 분명히 코미디 영화라고 했는데."

어떤 사람들은 이렇게 말했다. 자신들만 영화를 이해하지 못한 억울함에 짜증이 나고 창피해진 사람들은 곧 화제를 바꾸면서 투덜거렸다.

그 영화가 관객들을 어리둥절하게 만든 것은 사실이다. 그래도 인생이 우리에게 보여 줄 뜻밖의 일에 비하면 아무것도 아니었다. 데릭은 그런 점을 이해하기 시작했다. 삶에는 논리적인 것이 없으며 모든 것이 기이하게 연결되고 이어진다는 것을.

어떤 날은 아주 유쾌하다. 그러나 다음 날은 나쁜 소식을 듣게 되고 모든 일이 잘못되기도 한다. 모두가 슬피 우는 비탄의 시간이다. 이어서 모든 것이 사라지고 현실이 다시 정상화되기 시작한다.

어떻게 해서 그렇게 되는 걸까? 예를 들어 며칠 전만 해도 데릭의 삶은 권태롭기까지 할 정도로 평온했다. 그런 상황이 이렇게 급격히 변할 줄은 꿈에도 생각하지 못했다. 그럴 만한 이유가 전혀 없었던 것이다. 그런데 성적표가 도착했다. 그때만 해도 상황이 달리 전개될 수 있었다. 만약 아빠가 그냥 '좋아, 다음번에는 잘해라. 장래를 생각하면 좀 더 열심히 해야지.'라고 말하는 것으로 그쳤다면 말이다. 하지만 아빠가 이 사건을 비극으로 몰고 갔고 데릭은 집을 나왔다. 그리고 이제는 너무 멀리 와서 다시 돌아갈 수 없게 되었다. 너무 멀리 와서 이제는 뤼도빅 베르나르라는 다른 사람의 자리를 차지하려는 찰나였다.

아네트의 소원

추위에도 불구하고 아네트 베르나르는 정원의 돌의자에 앉아 있었다. 아네트는 크리스마스를, 봄을, 그리고 토마토 밭에 돌아올 두꺼비들을 생각했다. 그리고 작은오빠 폴이 크리스마스에 외출 허가를 받으리라고 생각했다. 또 뤼도빅 오빠도 그림엽서를 보낼 것이다.

아네트는 눈을 감고 주먹을 쥐어 눈을 꾹 눌렀다. 얼마 전부터 아네트는 사라진 막내 오빠 뤼도빅과 텔레파시로 교신하는 실험에 몰두했다.

'뤼도 오빠, 내 생각 열심히 해? 오빠, 난 지금 오빠 생각을 하고 있어. 오빠, 내 말 들려? 우린 동시에 같은 생각을 하곤 했잖아. 내게 신호를 보내 줘. 오빠, 요즘 어떻게 지내? 진실을 말해 줘. 오빠, 살아 있어? 알고 싶어.'

닫힌 눈꺼풀 위로 아네트는 끝없이 뚫린 거대한 터널밖에 떠오르지 않았다. 아네트는 눈을 뜨고 울음을 터뜨렸다. 그래도 마음속의 대화는 계속되었다.

'아빠 엄마는 오빠가 살아 있다는 것을 조금도 의심하지 않아. 오빠한테 무슨 일이 일어나기는 했지만 크리스마스가 되면 돌아올 거라고 말씀하시지. 성당에 가서 오빠를 위해 촛불도 켜 놓으시고 미사도 드렸어. 아빠 엄마는 그렇게라도 하면서 오빠가 돌아오리라고 믿으시는 거야.'

손발이 꽁꽁 얼었지만 아네트는 의자를 떠나지 않았다. 몇 달 전부터 아네트는 텔레파시 실험을 반복해 왔다. 뤼도빅이 반드시 자신에게 메시지를 보내 주리라고 믿으며.

아네트는 열네 살이다. 뤼도빅은 열다섯 살. 그들은 아주 친했다. 그런데 사춘기가 시작되면서 조금 서먹해지더니 얼마 전부터 뤼도빅은 비밀을 갖기 시작했다. 가출할 때까지 그랬다. 뤼도빅은 칠월의 어느 날 사라졌다. 오전 내내 밭에서 아버지를 도운 뒤 가볍게 한마디 던지고는 어디론가 가 버렸다.

"비두를 만나러."

그런데 뤼도빅의 아빠, 오귀스탱 베르나르 씨는 일을 마치고 돌아오다가 그 비두를 만났다. 비두는 그날 오후에 뤼도빅을 본 적이 없다고 했다.

그날 저녁 뤼도빅은 집에 돌아오지 않았다. 가족들은 뤼도빅을 찾아 마을 전체를 뒤졌다. 경찰관들은 지역을 넓혀 가며 수색했다. 모든 사람들이 경비 태세를 갖추었다. 미사 시간에 신부님이 뤼도빅의 실종에 대해 말하기도 했다.

뤼도빅의 부모님은 의연했다. 희망을 품고 있었기 때문이다.

맏아들 클로드는 부모님 집 근처에서 결혼해 살고 있었다. 클로드는 이렇게 말했다.

"그런 바보 같은 짓을 저지를 나이지 뭐. 뤼도는 가출했다가 감히 집에 돌아올 엄두를 내지 못하는 거야. 친구들이 도와주었을 테지만 그놈들도 겁이 나서 털어놓지 못하는 거지."

클로드도 부모님처럼 태연한 성격이었다. 결코 불안해하는 법이 없었다. 아네트에게 큰오빠는 무슨 문제든지 다 설명할 수 있는 사람으로 여겨졌다.

둘째 오빠 폴은 뤼도가 납치되었다고, 프랑스에 있지 않을 것이라고 생각했다. 그리고 그 끔찍한 이야기를 아네트가 알아듣지 못하게 넌지시 늘어놓았다. 폴은 신경질적이고 조바심을 내는 성격이었다. 게다가 군대에서 끔찍한 이야기들을 너무 많이 들었던 것이다.

뤼도빅의 부모님은 별다른 말을 하지 않았고 크게 달라진 것도 없었다. 아빠는 아침마다 입을 꾹 다문 채 일찍 집을 나섰고, 저녁이면 음울한 모습으로 저녁상에 앉았다. 엄마, 미슐린 베르나르는 흰머리가 몇 가닥 생겼고 부엌에서 가계부를 정리하다가 울음을 터뜨린 게 다였다.

아네트는 뤼도빅이 죽었을까 봐 걱정하는 유일한 사람이었다. 물론 그런 말은 한마디도 입 밖에 꺼내지 않았다.

몇 달 전부터 아네트는 홀로 방에 틀어박혀 지냈다. 학교에서 돌아오면 내내 침대에 누워 있었다. 가족들이 저녁을 먹으라고 부르면 몸이 아프다고 대답했다.

이웃 사람들은 이런저런 이야기들을 해 댔다. 신문 기사를 너무 많이 읽은 것이다. 베르나르 일가는 마을 사람들과 많은 이야기를 삼갔다.

미슐린 부인과 아네트가 미사에 참석하러 성당에 들어서면 사람들이 뒤를 돌아보며 수군댔다.

"아네트, 미안하지만 이번 크리스마스는 그냥 집에서 조용히 보내야 할 것 같구나. 물론 뤼도빅이……. 내가 하고 싶은 말이 뭔지 안 해도 알겠지?"

미슐린 부인이 말했다.

"네, 엄마. 물론이죠."

아네트는 한숨을 쉬며 대답했다.

십이월 이십 일, 어린 소녀는 오빠가 돌아올 때까지 의자에서 움직이지 않겠다고 맹세했다.

귀환

 갑자기 몇 달 동안이나 조용하던 집 안에 커다란 소리가 울려 퍼졌다.

 "아네트, 어서 이리 와 보렴! 뤼도빅이 돌아왔단다!"

 미슐린 부인은 놀라움과 기쁨으로 제정신이 아니었다. 아네트는 몸이 절반쯤 추위로 꽁꽁 얼어서 무슨 소리인지 즉각 알아차리지 못했다. 미슐린 부인이 재촉했다.

 "서두르라니까! 뭘 하고 있는 거야?"

 미슐린 부인은 아네트를 부엌으로 데리고 갔다. 클로드가 거기 있었다. 클로드는 무슨 일에도 놀라지 않을 사람처럼 고개를 절레절레 흔들었다. 미슐린 부인은 제정신을 차리고 말했다.

 "가서 아버지를 모셔 오너라. 숲에서 일하고 계시니까. 아네트, 그렇게 가만히 서 있지 말고 날 좀 도와주렴. 뤼도빅의 잠자리를 준비해야 해. 어서 이 층으로 올라가자!"

침구를 정돈하고 바닥을 닦자마자 경찰차가 대문 앞에 도착했다. 그리고 겁먹은 얼굴의 데릭이 차에서 내렸다.

미슐린 부인은 울음을 터뜨렸다. 아네트도 마찬가지였다. 숲에서 일하다 말고 온 오귀스탱 씨는 복받치는 감정을 참느라 눈썹을 찡그렸다. 클로드가 데릭 앞으로 다가와서 포옹했다.

"뤼도빅……. 나야, 클로드! 아직 정신이 없구나. 어머니께 어서 인사 드려야지."

데릭은 마치 로봇처럼 울고 있는 여인에게 다가갔다. 미슐린 부인은 격정적으로 데릭을 끌어안았다. 데릭은 흐느끼고 있는 저 여자아이가 그 애의 여동생인가, 하고 생각했다.

"많이 여위었구나."

오귀스탱 씨는 간단히 그렇게만 말했다.

데릭은 자신이 믿어지지 않는 진실을 폭로함으로써 모든 것을 망치게 될까 봐 두려웠다. 데릭은 사람들과 포옹하면서 침묵을 지켰다.

모리스와 앙드레는 서로를 바라봤다. 이런 수호천사 역할은 그들에게 놀랍도록 잘 어울렸다. 이처럼 기쁨의 눈물과 더불어 경찰관이 환영받는 것은 흔한 일이 아니었다.

"이런 일에는 축하주 한잔이 빠질 수 없지."

모리스가 말하면서 다시 차에 오르는 시늉을 했다. 그러자 오귀스탱 씨가 붙잡으며 말했다.

"그러고 보니 정신이 없었네요. 들어가서 한잔합시다."

데릭은 막연한 불안감에 싸인 채 집 안으로 들어갔다. 모두가 친절했다. 그러고 보니 조금 먼 친척 집에 놀러 온 것만 같았다. 데릭의 눈에 커다란 부엌이 들어왔다. 부엌에는 오래되어 보이는 프라이팬이 걸려 있었다. 데릭은 궁금했다.

'저걸 진짜 사용하는 걸까? 아마 장식용이겠지.'

집 안은 약간 선선했지만 불쾌하지는 않았다.

오귀스탱 씨가 찬장에서 해묵은 오렌지 술을 꺼내 와 모두가 한 잔씩 마셨다. 아네트가 '오빠'의 어깨에 머리를 기댔다. 그것이 데릭에게 시작 버튼처럼 작동했다. 데릭은 오래전부터 아네트를 알던 사람처럼 미소를 지으며 아네트의 어깨에 팔을 둘렀다.

"정말 보고 싶었어."

데릭이 감동에 사로잡혀 진심으로 말했다. 모두 침묵을 지켰다. 경찰관들조차 일순 장광설을 멈췄다.

"크리스마스에는 네가 돌아올 줄 알았지. 이웃 사람들은 네가 죽었다고 생각했단다. 나 원, 기가 막혀서!"

미슐린 부인이 말했다.

"엄마가 미사도 드렸어."

아네트가 비밀을 털어놓았다.

데릭은 속으로 반복했다.

'뤼도빅, 뤼도빅 베르나르……. 오귀스탱, 미슐린, 클로드……. 이름을 모두 기억해야 해. 그런데 다른 사람으로 행세하는 것이 하느님한테 죄를 짓는 일은 아닐까? 어쨌든 지금 일어나고 있는 일은 내 책임이 아니야. 인생의 우연일 뿐이야. 뤼도빅은 도대체 어떻게 된 걸까? 이러다가 뤼도빅이 돌아온다면? 아, 끔찍해.'

이윽고 데릭은 초조한 마음을 가라앉혔다.

'뤼도빅이 돌아오면 그때 사람들에게 다 털어놓으면 돼. 친절한 사람들 같았고, 나도 대가족을 꿈꾸었노라고. 내 뜻과는 전혀 상관없이 모든 일들이 꼬리를 물고 이어진 거라고. 나조차도 정말 믿을 수 없는, 백일몽을 꾸는 것 같았다고. 지금 진실을 말한다고 해도 모두 내 말을 믿지 않을 거야. 그래도 그렇지, 내가 정말 모두가 착각할 정도로 뤼도빅이라는 아이하고 닮은 걸까?'

다들 약간 과음을 했다. 모두가 소리 높여 이야기했다. 말

소리가 거실에 울려 퍼졌다.

데릭은 큰형 클로드를 유심히 관찰했다. 모든 것에 대해 조언하는 만물박사 같은 사람이었다. 부모님은 진짜 좋은 사람들로 보였다. 아네트는 아주 예쁘고 사랑스러웠다. 뤼도빅과 아네트는 떨어질 수 없는 단짝임에 틀림없었다.

'이제 와 모두에게 다 털어놓는 건 끔찍한 일이야. 그럴 수 없어. 게다가 너무 늦었어. 털어놓으려면 경찰서에서 했어야지.'

"네 형한테도 알려야겠다."

오귀스탱 씨가 불쑥 말을 꺼냈다.

'어라, 형이 또 있다고? 도대체 가족이 몇 명이야?'

데릭은 약간 멍청한 얼굴로 미소를 지었다. 데릭은 누군가 새로 등장한 형의 이름을 말해 주기를 기다렸다.

"폴 오빠는 군대에 있잖아. 알지? 하지만 크리스마스에는 외박 나올 수 있을 거야."

마침 아네트가 말해 주었지만, 아네트는 데릭이 속으로 물어본 질문에 자신이 대답했다는 것을 알지 못했다. 그런 여동생은 데릭에게 귀중한 존재였다. 아네트는 마치 모두 설명해 줘야 한다는 것을 이미 간파하고 있는 듯했다.

"폴도 깜짝 놀랄 거다. 하지만 난 우리 뤼도빅이 크리스마스에 돌아오리라는 걸 알고 있었지."

미슐린 부인이 눈가를 훔치며 되풀이했다.

거북해진 데릭은 태연한 척하기 위해 기지개를 켜며 하품을 했다. 오렌지 술 때문에 약간 취기가 돌았던 것이다. 진짜 집에서는 이렇게 술을 마시는 건 어림없는 일이었다.

"엄마, 오빠가 피곤한가 봐요. 오빠, 침대 정리를 해 놓았어. 가서 자."

아네트가 말했다.

데릭은 이 층에 있는 방으로 들어갔다. 방에는 그의 침대와 아네트의 침대가 마주 보고 있었다. 벽 가운데에는 텃밭으로 나 있는 창문이 있었다.

시트는 약간 눅눅했지만 두터웠고, 이불은 무겁지만 푹신했다.

데릭이 자기에게 벌어진 그 모든 일들로 흥분해 있지 않았다면 금방 잠에 빠져들었을 것이다. 하지만 데릭의 머릿속에는 끊임없이 생각이 떠올랐다.

'모험을 꿈꿨지……. 그 점에서는 완전히 충족되었어. 새로운 이름에다가 날 뤼도빅으로 알고 있는 형제자매들이 생겼거든. 내가 정말 뤼도빅과 쌍둥이처럼 닮은 걸까? 그런데 그 뤼도빅이라는 애는 어떻게 된 거지? 그 애 역시 가출한 거 같은데, 왜 그랬을까?'

데릭은 생각을 하다 깊은 잠에 빠져들었다.

"난 마뉘엘 르 마누슈야."

데릭은 꿈을 꾸며 큰 소리로 말했다. 그러고는 다시 잠에 곯아떨어졌다.

아네트가 기쁨의 눈물을 글썽이며 말했다.

"나쁜 오빠야. 우리를 정말 고통스럽게 했어."

비누에서

 잠이 깬 데릭은 침대 주위를 둘러보았다. 맞은편에서는 아네트가 침대에 누워 천사 같은 미소를 지은 채 자고 있었다. 벽은 흰색으로 칠해져 있었다. 새들이 아주 가까이에서 지저귀는 소리가 들렸다. 지붕에 새 둥지가 있는 모양이었다.

 '내가 지금까지 영화에서 보았던 것들은 아무것도 아니야. 아무리 그래도 어떻게 이 사람들은 나를 자기 가족과 혼동할 수가 있지? 자세히 보면 다른 점이 많을 텐데 말이야. 물론 이 상태가 오래갈 수는 없을 거야.'

 그때 미슐린 부인이 환한 미소를 머금고 문을 열었다.

 "아직도 자고 있니? 방학이어서 정말 다행이다! 자 뤼도빅, 이리 와서 엄마한테 아침 인사하고 어서 아침 먹으렴. 그러고 나서 정원 일을 좀 도와줘야 해."

 데릭은 아무 말 없이 그렇게 했다. 이 사람들에게 나는 뤼도빅이 아니라고 말할 용기가 없었다. 게다가 이곳에서는 모든 것이 평온하고 단순해 보였다. 아무도 데릭에게 난폭하게 굴지 않았고 줄기차게 잔소리하지도 않았다.

뤼도빅의 가족들은 각자 데릭에게 생각할 거리를 마련해 주었다.

"뤼도 이 녀석, 어릴 때부터 깜짝깜짝 놀라게 하더니!"

오귀스탱 씨가 데릭의 등을 철썩 쳤다.

"들판에 숨어서 나오지 않은 적도 있었지. 경찰과 함께 개까지 풀어서 수색했잖아. 그땐 정말 많이 혼냈지. 하지만 이번에는 아무 말도 하지 않으련다. 네게 무슨 일이라도 났을까 봐 무서웠거든. 그리고 네 엄마에게도 야단치지 않겠다고 했단 말이다. 하지만 한 가지만 약속해 주렴."

"네, 아빠."

데릭이 기어 들어가는 목소리로 말했다.

"다시는 말도 없이 사라지지 않겠다고 맹세하렴. 내게 약속해."

"네, 아빠."

데릭은 눈물을 참았다.

"아버지, 쟤 아직 안정이 안 된 상태잖아요. 어서 일하러 가셔야죠. 나중에 다시 말하기로 해요."

클로드가 말했다. 그러자 오귀스탱 씨가 한숨을 내쉬며 말했다.

"네 말이 맞긴 맞다. 좋아, 뤼도. 같이 가서 장작 나르는 것 좀 도와주련?"

데릭은 생각했다.

'여기에서는 방학 때 이렇게 시간을 보내나? 겨울에 쓸 장작을 나르고, 완두콩을 까고, 토끼에게 먹이를 주고······. 이곳에서는 쉬지 않고 일하나 보네.'

그런데 이상하게 데릭은 그런 일들이 마음에 들었다. 데릭은 마당에서 장작으로 가득 찬 손수레를 조심스럽게 밀었다. 헛간 앞에서는 오귀스탱 씨가 나무토막을 쌓고 있었다. 다 쌓아 놓으니 보기에도 아주 좋았다. 층층이 쌓인 통나무 더미가 한 폭의 인상화 같았다.

"좋아. 잠깐 쉬어라, 뤼도."

한 시간이 지나자 오귀스탱 씨가 말했다.

오귀스탱 씨는 항상 입에 물고 다니는 노란 담배에 불을 붙이고 나뭇더미에 앉았다. 데릭은 그 옆에 털썩 주저앉았다.

"전보다 힘이 약해졌군, 아들. 그동안 네가 어디를 어떻게 어슬렁거리고 다녔는지 알 수 있다면 좋으련만······ 고생을 하지는 않았니? 최소한 굶고 다니지는 않았겠지?"

"좀 놔두세요, 아버지. 질문은 그만하고!"

클로드가 때마침 도착했다.

"보시다시피 쟤는 어제부터 말을 안 하잖아요."

데릭은 고개를 돌렸다. 새로운 생각이 그를 괴롭혔다.

'진짜 부모님은 지금 무슨 생각을 하고 있을까? 아마도 끝내는 그리워할지도 몰라. 망할 놈의 성적표 일도 후회하겠지. 일단 편지를 써야겠다. 내가 잘 지내고 있다는 걸 알리기 위해 몰래 편지를 부쳐야겠어.'

데릭은 무엇 때문에 이곳에 머물러 있는지 자문해 보았다. 분명히 이 사람들이 호의적이고 잘해 주기 때문일 것이다. 데릭은 동화에 나오는 마법처럼, 이 가족이 발산하는 매력에 홀려 자기가 열렬히 환영받는다고 느꼈다. 게다가 아네트도 있었다.

마침 아네트가 창문으로 머리를 내밀었다. 손에는 빗자루를 들고 있었다.

"비키지 않으면 머리에 먼지를 뒤집어쓸 거예요!"

아네트가 웃으며 말했다.

"일 좀 하게 가만히 있어라, 아네트."

오귀스탱 씨가 투덜거리듯이 말했다. 하지만 딸에 대한 지극한 사랑이 그대로 드러난 말투였다.

그때 미슐린 부인이 다른 창문에 나타나 소리쳤다.

"뤼도, 누가 널 찾아왔단다. 널 무척 보고 싶어 했던 사람이야! 얼른 와 보렴."

'설상가상이군. 이번엔 또 누굴까?'

데릭은 이렇게 생각하며 문을 열었다. 문밖에는 반짝거리는 갈색 머리를 한 키 큰 소년이 서 있었다.

'아마 뤼도빅의 친구겠지. 자기가 누군지 말하기만 한다면……'

그때 마주하고 있던 소년이 말했다.

"이 녀석, 소식 좀 자주 보낼 수 없었어?"

데릭은 파랗게 질린 음성으로 대답했다.

"아, 잘 지냈어?"

그리고 기계적으로 손을 내밀었다. 그러자 소년이 눈을 동그랗게 뜨더니 슬픈 기색으로 말했다.

"아니, 꼭 낯선 사람 대하듯 하네! 내가 반갑지 않은 모양이지?"

소년은 실망한 기색이 역력했다. 데릭은 황급히 대꾸했다.

"반갑고말고! 하지만 이해해 줘. 나도 내가 지금 어떤 상태인지 잘 모르거든. 이 모든 게 정말…… 갑자기…….."

다행히도 그때 미슐린 부인이 복도 끝에서 나타났다. 부인은 허리에 주먹을 올리고 두 소년을 물끄러미 바라보았다.

"왜 그래? 뤼도빅, 무슨 일이니? 비두에게 심통 부리는 거니?"

데릭은 안도의 한숨을 내쉬었다. 앞에 있는 갈색 머리 소년의 애칭은 비두, 이름은 베르트랑이었다. 데릭은 웃음을 터뜨렸고, 그의 새 친구도 따라 웃었다. 그들은 얼싸안았다.

"정말 오랜만이라서 그런 거지?"

비두가 물었다. 커다란 미소가 비두의 우윳빛 얼굴을 환하게 밝혔다.

"응, 그럼."

"자 그럼 애들아, 예전처럼 같이 놀다 오렴. 그래도 뤼도빅, 정오까지는 돌아와야 한다."

"네, 아주…… 네, 엄마."

데릭이 대답했다.

"늪에 가 보자."

비두가 제안했다.

'그러니까 이제 난 뤼도빅이야. 형이 두 명이나 있고 여동생도 있는 데다가 애정이 넘쳐흐르는 친구까지 있어. 이들이 아빠 엄마와 잭을 대신해 줄 거야. 저 비두라는 아이는 정말 친절한 것 같아.'

데릭은 생각했다.

마을을 지나갈 때, 데릭은 커튼들이 살짝 벌어지며 호기심 어린 얼굴들이 나타나는 것을 보았다. 어떤 이웃은 탕아의 귀환을 구경하기 위해 문 발치까지 나오기도 했다.

"신경 쓰지 마. 네가 돌아온 것을 두고 계속 이야기하더라고. 어제저녁부터 여기저기서 쑥덕거리는 거야. 어떤 사람들인지는 너도 알잖아."

비두가 말했다.

"물론."

데릭은 알아들었다는 듯이 미소 지었다.

"인정머리 없는 말투를 쓰네! 그러고 보니 너 파리에 갔었구나? 분명해."

두 소년은 마을을 지나쳐 들판으로 향했다. 들판은 비뉴의 늪지대를 감추고 있었다.

"파리는 그리 따뜻하진 않지만, 그래도 좋잖아."

비두가 말했다.

그들은 물가에 나란히 앉아 돌멩이 몇 개를 집어 들고 물수제비를 떴다. 데릭이 샤티용 운하 때문에 할 수 있게 된 놀이였다. 데릭의 새 친구는 친구를 되찾은 것에 마음이 벅차올라서 아무 말이 없었다. 하지만 시간이 지나자 물었다.

"비뉴가 그립지 않았니?"

"비뉴라…… 약간은 뭐. 하지만 사람들은 정말 보고 싶었어. 그런데 모험할 때는 과거를 되돌아보지 않는 법이야."

자랑하기 시작하면서 데릭은 자기 말투를 되찾았다.

"에펠탑도 보았니?"

"당연히 봤지. 꼭대기까지 올라가도 봤는걸."

"현기증 나지 않았어?"

데릭은 어깨를 으쓱했다.

"왜 나한테도 떠난다는 말을 안 했어? 내가 네 부모님한테 이를까 봐 그랬어?"

불현듯 비두가 따지듯이 물었다.

"미안. 미안해, 친구. 하지만 그런 종류의 계획은 아무에게도 말하지 않고 혼자 궁리해야 하는 거야. 모험소설을 보니까 그렇더라고."

"아, 그래……. 그럼 파리에서는 무얼 했니? 어디서 살았어? 먹는 거는 어떻게 해결했고?"

"음, 혼자 어떻게든 알아서 했지 뭐. 처음에 막 도착해서는 쉽지 않았어. 하지만 친구들을 만났어. 열여섯 살이나 그보다 더 나이가 많은 애들이었지. 그 애들이 날 큰 아파트에서 재워 줬어. 그 애들은 음악가였어. 밤새도록 연주했지. 정말 멋졌어. 자고 싶을 때는 잤어. 감시하는 늙다리들이 없었거든."

비두는 숨을 죽이며 경탄했다.

"그리고 어떤 식당에서 일했어. 열일곱 살이라고 했거든. 거기에서 설거지를 했지. 그렇게 해서 돈을 조금 벌었어."

"그럼, 그렇게 해서 카리브해로 배를 타고 갈 수 있었던 거야?"

그 말에 데릭은 어리둥절하여 꿀 먹은 벙어리가 되었다.

'이 얘기는 또 뭐지?'

"그랬겠지. 네가 쓴 카드에 배를 타고 떠나는 중이라고 했잖아."

비두가 말했다.

데릭은 침착함을 되찾았다. 그 뤼도빅이란 친구는 그러니까 바다로 나간 것이다. 데릭은 뤼도빅에게 흥미를 느끼기 시작했다.

잠시 멈칫했던 데릭이 다시 말문을 열었다.

"그래, 어느 정도 시간이 지나니까 파리에서 매일같이 파티를 하는 거, 정신없이 놀면서 영화 보러 다니는 거 그 모든 것에 익숙해지고 싫증이 나더라고. 그래서 기회가 생기자마자 바로 그 기회를 잡은 거지."

데릭은 한동안 침묵을 지켰다. 머릿속으로는 카리브해에 대해 지리 시간에 배운 것을 더듬었다.

"사귀었던 친구들한테 작별 인사를 하고 르아브르로 떠났어. 그래, 르아브르로. 거기에서 화물 수송선을 탔지."

"넌 그렇게 대담한 친구가 아니었는데…… 그래서 카리브해에서는 어떻게 지냈어?"

"굉장했지. 나중에 모두 이야기해 줄게."

자존심이 상했는지 비두는 친구를 부드럽게 노려보았다. 비두는 용감한 영웅 같은 친구의 수준에 자기가 미치지 못한다는 것을 걱정하는 것 같았다. 그런 그를 영웅이 너그럽게 위로했다.

"알잖아. 모험은 언제나 끝나게 마련이야. 여기 생활도 멋진데 뭐."

"그럴지도 모르지. 하지만 팔월 십오 일 축제를 제외하고 비뉴에서 신 나는 일은 없어."

가끔씩 데릭은 숨을 돌리고 싶었다. 쉬지 않고 계속 거짓말을 하는 것은 생각보다 훨씬 고통스러운 일이었다. 그렇지만 이 새로운 삶에서는 선택의 여지가 없었다.

정말 어이없는 일이었다. 그 모든 사람들이 자신을 뤼도빅으로 생각하다니 말이다. 경찰관들부터 시작해서 베르나르 가족 전체에다가 이 괴상한 비두까지.

비두가 속내를 털어놓았다.

"뤼도빅, 내가 전 과목을 다 따라잡게 해 줄게. 중학교 이 학년은 쉽지 않아. 하지만 내가 도와줄 테니 염려하지 마."

이 학년! 데릭은 등에 식은땀이 흐르는 것을 느꼈다. 중학교 일 학년 과목도 따라가지 못했던 그가 중학교 이 학년 과목과 맞부딪쳐야 하는 것이다. 엎친 데 덮친 격이었다.

데릭은 자기가 아무리 진실을 털어놓는다 해도 아무도 믿어 주지 않을 것임을 알았다. 데릭은 침착하게 베르나르 일가의 집으로 점심을 먹으러 돌아갔다. 그 집에서는 마음이 아주 편안했다.

아네트가 대문 앞에 서 있었다.
"서둘러, 뤼도 오빠. 열두 시야. 다들 식탁에 모였다고!"

다리 영감을 조심할 것

사랑하는 부모님께

아무런 말씀도 드리지 않고 집을 나와 죄송합니다.

제가 받은 나쁜 성적이 너무 창피했어요. 그리고 부모님이 제게 진저리가 났다는 걸 깨달았습니다. 그래서 인생을 바꾸기로 했습니다. 그러지 않았다면 평생 샤티용에서 벗어나지 못했을 거예요. 그렇게 생각합니다.

집시들을 만났는데 운 좋게도 저를 그들 무리에 받아 주었어요. 우리는 변화무쌍한 사건이 이어지는 방랑 생활을 하고 있어요. 저녁이면 친구들이 춤을 추고 기타로 구슬픈 곡조를 연주하지요. 저는 모자를 돌려 돈을 걷습니다. 저를 찾으려고 애쓰지 마세요. 불가능한 일이니까요. 우리는 절대로 한 장소에 오래 머무르지 않습니다. 집시왕 디에고가 절 감시하고 있습니다. 가끔씩 소식 전해 드릴게요. 안녕히 계세요.

데릭 올림

아침 여섯 시였다. 데릭은 남몰래 일어나 폴 형의 자전거를 타고 이웃 마을에 편지를 부치러 갔다. 간밤에는 부모님이 크리스마스를 걱정하며 보낼 거라는 생각에 잠을 잘 못 잤다. 하지만 자기가 집시들과 함께 안전하게 지낸다는 것을 알면 부모님은 더 이상 근심할 이유가 없을 것이다. 편지를 우체통에 넣기 직전 한순간 데릭의 눈에 엄마의 얼굴이 비쳤다. 아들에게 키스하기 위해 몸을 기울이는 모습이었다. 그러자 가슴이 아팠다. 하지만 데릭은 그 이미지를 쫓아 버리고 자전거에 올라 비뉴로 최대한 빨리 돌아갔다.

이 마을에서는 사람들이 유별나게도 일찍 일어났다. 모든 사람들이 이미 일을 시작한 것 같았다. 데릭은 대충 뤼도빅을 안다고 생각되는 이웃들에게 큰 소리로 인사했다. 사람들은 그가 세계 일주를 한 뒤로 거만해졌다고 말할 것이 틀림없었다.

자전거 체인이 빠졌다.

'최악이군. 그래도 시커먼 기름을 손에 잔뜩 묻히고 돌아갈 수는 없지.'

데릭은 집까지 자전거를 밀고 가기로 결심했다.

마을에는 피할 수 없는 사람이 한 명 있었다. 다뤼 영감이었다. 그 영감은 문 앞의 의자에 미라처럼 앉아 있었다. 비두의 말에 따르면 영감은 바람이 불건 눈이 오건 지팡이에 포갠 두 손 위에 머리를 얹고 그렇게 꼼짝 않고 앉아 있다고 했다. 영감의 얼굴은 온통 주름투성이였으며 입은 턱 안쪽으로 완전히 쑥 들어가 있었다. 그러나 눈만은 한밤중에 빛나는 반딧불처럼 번득였다. 영감은 사람들이 오가는 것을 쉬지 않고 관찰하며 독수리 같은 눈빛으로 사람들을 꿰뚫어 보았다. 그래서 그 영감의 앞을 지나가자면 몹시 거북했다. 마치 영감이 무엇인가 다 알고 있는 것처럼 느껴졌다.

'여기 사람들은 노망났다고 여기지만 오히려 영리한 것 같은데.'

데릭은 생각했다. 그리고 영감의 시선을 피하고자 애썼다. 마을의 모든 사람들에게는 큰 소리로 인사했지만 다뤄 영감 앞을 지날 때는 고갯짓만 약간 하는 것으로 그쳤다.

그런데 소름 끼치게도 그 다뤄 영감이 입을 열기 시작한 것이다. 영감은 자전거를 끌고 가는 데릭에게 턱을 약간 들어 올리고는 말했다.

"애야, 이리 와 보렴."

데릭은 몹시 불안한 마음으로 다뤄 영감에게 가까이 갔다.

영감은 머리를 설레설레 흔들며 데릭을 면밀히 관찰했다.

"뤼도빅이 맞니?"

"예. 저예요, 다뤼 할아버지. 기억하시는군요. 어제 비두랑 인사하러 왔었죠."

'내 참, 나한테 무슨 볼일이 있는 걸까?'

"음…… 말해 보련, 뤼도빅. 내 딸 뤼시엔이 어디 갔지?"

데릭은 말문이 막힌 채 영감을 뚫어지게 바라보았다. 그리고 더듬거리며 대답했다.

"그건 모르죠, 다뤼 할아버지. 아마 일하러 갔겠죠."

다뤼 영감은 크게 고개를 가로저었다.

"말해 보련, 뤼도빅. 네 나이에 벌써 망령이 들다니 있을 수 있는 일이냐? 넌 작년에 그 애를 묘지에 안장한 걸 잊어버린 거냐?"

데릭의 눈동자가 겁에 질려 흔들렸다.

"하지만…… 그렇게 이상한 질문을…… 전 깊이 생각해 보지 않고 그냥 대답한 거예요!"

"음……. 말해 보련, 뤼도빅. 비두 아버지 이름이 뭐지?"

"비두의 아버지라면…… 그런데 왜 제게 그런 질문들을 하시는 거죠?"

"비두 아버지의 이름을 모르는구나?"

"물론 알죠, 알아요. 그렇지만 왜 저를 심문하시는지 이유를 모르겠어요."

"비두 아버지 이름이 르네라는 걸 네가 안다고?"

"당연하죠!"

다뤼 영감의 어깨가 작게 들썩였다. 웃는 것이었다.

"그럼, 비두 아버지의 직업도 알겠구나."

"물론이죠."

"뤼도빅, 전에는 우리끼리 말할 때 존댓말을 쓰지 않았단다. 그럼 비두네 아버지가 무얼 하는 사람이냐?"

데릭은 한숨지으며 말했다.

"저…… 밭에서 일하시지요."

대답과 함께 데릭은 속으로 생각했다.

'운이 조금만 좋다면…….'

"밭에서라고?"

다뤼 영감의 어깨가 경련을 일으키듯 요동쳤다. 웃느라고 몸이 들썩거렸다.

"말해 보렴, 뤼도빅……."

'또 시작이군!'

"말해 보렴, 뤼도빅. 저 얼간이 베르나르 가족이 널 아들로 생각하다니 얼마나 어리석으냐?"

"우리 부모님을 모욕하지 마세요. 부모님께 이를 거예요."

"하하! 네가 그런다면 내 손에 장을 지지지. 자칭 뤼도빅아, 이리 좀 더 가까이 오려무나."

데릭은 수천 개의 눈동자가 자기를 주시하는 듯한 인상을 받았다.

'최후의 심판이 이렇겠지.'

"네가 그 애와 흡사하긴 하다. 그러나 목소리가 달라."

"변성기잖아요. 열다섯 살이라고요, 다뤼 할아버지!"

"······그래도 다른 사람을 자기 아들이라고 착각하다니 진짜 얼간이야. 그리고 너 말인데, 이곳에 무얼 하러 왔는지는 모르겠지만 네가 뤼도빅이 아니라는 사실만은 확실하다."

"왜, 왜 그런 말씀을 하시는 거예요?"

"그건 내가 뤼도빅을 잘 알기 때문이란다."

"그럼 우리 부모님은 뤼도빅을 잘 모른다는 건가요?"

"그 애 부모라, 그 애 부모는 자식들이 모두 집에 있기를 바라는 거지. 그뿐이다. 당나귀 한 마리를 데려다 놓아도 아들이라고 했을걸. 그게 그들 잘못은 아니지."

데릭의 어깨가 심하게 떨렸다.

"이제 됐어요, 다뤼 할아버지. 우리 가족을 충분히 놀리셨다고요. 전 집에 들어가 봐야 해요."

데릭은 뒤도 한 번 돌아보지 않고 총총히 사라졌다. 영감의 말에 질겁했기 때문이다. 데릭은 서둘러 자전거를 헛간에 넣고 침실로 올라갔다.

아네트가 깨어 있었다. 하지만 아네트의 얼굴은 잠에 잔뜩 취한 상태였다.

"산책 갔었어, 뤼도빅 오빠?"

"동네 한 바퀴 돌았지. 다뤼 할아버지랑 잠깐 이야기했어."

"아, 오빠랑 친한 할아버지? 그 심술궂은 다뤼 영감 말이지? 우리 어릴 때 사람들이 하던 말 기억나?"

"음⋯⋯."

데릭은 잠든 척했다.

"다뤼 할아버지 조심해! 다뤼 할아버지를 조심하라고!"

완전히 잠이 깬 아네트가 외쳤다.

장난꾸러기 암소들

 다시 잠들기에는 너무 늦은 시간이었다. 데릭은 뤼도빅의 것이 틀림없는 커다란 스웨터를 입었다. 그리고 아네트와 함께 부엌으로 가 초콜릿 우유를 만들어 마셨다.
 데릭은 새로 생긴 여동생이 얼마나 발랄하고 명랑한 성격인지 알 수 있었다. 항상 활기가 넘쳤다. 그러다 보니 이상야릇한 생각이 머리를 스쳤다.
 '장차 내가 결혼한다면 아네트 같은 여자하고 해야지. 재미있잖아. 예쁘기까지 하고.'
 "그런데, 뤼도 오빠."
 아네트가 소리쳤다.
 "아직 두 명을 더 만나야 해."
 '세상에, 또 누구야?'
 데릭은 한숨을 내쉬었다. 그러는 사이에 아네트는 데릭의 얼굴에 콧수염처럼 묻은 초콜릿 자국을 붉은 격자무늬가 있는 수건으로 닦았다. 그러고는 웃으면서 말했다.

"블랑셰트하고 파피용을 잊지는 않았겠지? 지금 당장 가자. 그런 다음에 내가 부모님께 드리려고 산 크리스마스 선물을 보여 줄게. 걱정 마. 내가 사 놓았어. 그러니까 아무 걱정 안 해도 돼."

"아, 고마워."

'그런데 그 둘은 또 누구지? 블랑셰트랑 파피용이라. 이름도 이상하네. 아마 나이 많은 고모쯤 되겠지. 그래, 바로 그거야. 독신이거나 과부로 늙은 아줌마들일 거야. 제발 다뤼 할아버지처럼 심문하지 않았으면 좋겠는데. 나도 한계가 있으니까.'

"네 생각에는 내가 옷을 갈아입어야겠니? 아니면 지금 이대로도 괜찮을까?"

데릭이 물었다. 머리는 헝클어진데다 청바지와 농구화는 약간 더러워진 상태였다.

아네트는 다시 웃음을 터뜨렸다.

"하하! 우리 뤼도 오빠는 농담도 잘해. 자, 따라와, 바보 오빠."

데릭은 아네트 뒤를 바짝 따라갔다. 아네트는 정원에서 나와 헛간으로 가서는 문을 활짝 열었다.

"블랑셰트! 파피용! 누가 왔는지 알아맞혀 봐!"

대답으로 음매 하는 소리가 들렸다. 어리둥절해진 데릭은 두 마리 작은 암소를 멀거니 바라보았다. 암소들은 그에게 인사하듯이 고개를 끄덕였다.

"다시 보니까 반갑지, 그렇지?"

"그럼, 그렇고말고."

데릭은 약간 조심하면서 대답했다. 데릭은 이런 종류의 동물들을 무서워했다. 그럼에도 다가가서 등을 두드려 주었다.

"잘 지냈니, 얘들아?"

"얘들은 항상 장난만 쳐. 오빠도 알잖아. 아침마다 아빠가 얘들을 데리고 풀밭으로 가는데 열두 시 정각이면 자기네들끼리 외양간으로 돌아오거든. 그것 때문에 동네 사람들이 재미있는 농담을 해. 얘들이 지나가는 게 보이면 '어라, 베르나르네 암소들이네. 점심시간이군.' 하고 말한다니까."

"정말 얘들을 풀어 놓으면 알아서 집에 온다고?"

"응, 진짜 자립심이 강하다니까. 파피용이 좀 더 그럴 거야. 블랑셰트가 진정시켜 주지 않으면 혼자서 일대를 마구 쏘다닐 거야. 모험을 좋아해. 오빠하고 좀 비슷하지. 그리고 보면 오빠한테는 내가 블랑셰트인 셈이야!"

데릭과 아네트는 정말 잘 어울려 놀았다.

"그래도 광우병은 걱정이야. 아마 오빠는 그 병에 대해 듣지 못했겠지만 이곳에서는 모두가 걱정하고 있어. 마을 사람들은 그것에 대해서만 이야기해."

"광우병? 그게 뭐야?"

"가축들에게 전염되는 심각한 병이야. 영국에서 온 거지. 광우병에 걸린 소는 뇌가 스펀지처럼 되어 버린대. 그런 소는 시장에 내다 팔 수도 없어. 고기를 먹은 사람까지 병에 걸린대. 그래서 병든 소들은 무더기로 도살해. 그걸 보면 무척 슬퍼져. 가엾어 죽겠어."

"하지만 블랑셰트와 파피용은? 설마 죽이지는 않겠지?"

"아니야, 이 소들은 건강해. 염려하지 마. 연구소에서 피 검사를 해 봤어."

그때 오귀스탱 씨가 풀밭을 건너오며 말했다.

"우리 암소들은 광우병에 걸리지 않았어. 약간 장난꾸러기들일 뿐이야! 아직 한참 어리거든."

오귀스탱 씨는 걸음을 멈추고 노란 담배꽁초에 불을 붙인 다음 말했다.

"자, 애들아. 가서 토끼에게 줄 무를 가져오너라."

토끼라고! 데릭은 기뻐서 펄쩍 뛸 뻔했다. 데릭은 토끼를 무척 좋아했다. 샤티용에서도 토끼를 키웠다면 집을 나오지 않았을 것이다.

'농촌의 삶은 정말 좋아. 가축들에 둘러싸여 산다는 건 멋진 일이야. 삶에 활기를 더해 준다니까.'

무는 외양간 창고에 있었다. 아네트는 한 바구니를 채워 데릭에게 건네주었다.

겁먹은 토끼들이 토끼장 깊숙한 곳에 웅크리고 있었다. 현기증 나는 마른풀 냄새가 풍겨 나왔다. 데릭은 아네트 쪽을 힐끗 훔쳐보았다. 토끼들에게 어떻게 먹이를 주는지 보려는 것이었다.

아네트는 철망 사이로 팔을 집어넣어 토끼들에게 무를 주었다. 그러자 토끼들은 뾰족한 이빨을 드러내며 편안히 갉아 먹었다. 데릭도 아네트를 따라 했다. 커다란 흰 토끼 한 마리가 무를 먹으면서 곁눈질로 데릭을 바라보았다. 데릭은 경찰서에서 꾸었던 악몽이 떠올랐다.

"그런데 말이야, 아네트. 밤에 잘 때 우리 토끼들이 꿈에 나오곤 했다."

"에이, 오빠, 거짓말하지 마. 오빠가 농사일에 전혀 관심이 없다는 거 잘 알거든. 오빠 머릿속에는 바다밖에 없었잖아. 바다하고 물고기하고 배. 누구도 오빠 생각을 바꿀 수 없었을 거야."

아네트는 데릭 쪽으로 고개를 돌렸다.

"배를 타고 떠났지, 맞아?"

"그래, 내가 보낸 카드 잘 받았지?"

데릭이 과감하게 물어보았다.

"응, 하지만 그 뒤로는…… 소식이 끊겼지. 우리한테 편지라도 보낼 수 있었을 텐데……. 어떻게 살고 있는지 정확히 알려 준 적이 없잖아."

"가족 생각만 하면 용기가 없어졌어. 그리고 여행할 때는 편지 부치는 것이 쉽지 않아. 다음번 기항지를 기다려야 하거든. 그리고 향수병에 빠지지 않으려면 편지 쓰는 걸 삼가야 해."

"아, 그렇지. 향수병."

아네트는 그 설명으로 안심한 것 같았다.

"그럼, 그럼. 배 타는 삶이 항상 장밋빛이지만은 않지."

한숨과 함께 데릭이 말했다.

데릭은 해적의 습격에 대해서까지는 말하지 않는 것이 옳은 판단이라고 생각했다. 해적이 아직도 있는지 확신할 수 없었던 것이다.

아네트는 멍하니 허공을 바라보며 침묵을 지켰다. 아네트는 오빠가 카리브해로 향하는 커다란 배에 타고 있는 모습을 상상하려고 애쓰는 중이었다.

"네게 줄 선물이 있었어. 조개껍데기로 만든 목걸이였는데 불행하게도 돌아오는 길에 누가 내 소지품을 몽땅 훔쳐 가 버렸어. 그래서 네게 줄 것이 하나도 없단다. 미안해."

"우아, 목걸이라고?"

아네트가 기뻐하며 데릭에게 뽀뽀를 했다.

"괜찮아. 중요한 건 오빠가 크리스마스에 집에 있다는 거야."

그때 누군가가 삐걱거리며 외양간 문을 열었다. 비두가 입가에 미소를 한가득 머금고 나타났다.

"뤼도! 우리 부모님한테 인사하러 가지 않을래? 아빠가 널 보고 싶어 하셔."

"아직 할 일이 남았는데……."

다뤼 영감으로 인한 충격 이후로 데릭은 마을 사람 모두를 경계했다. 그런데 아네트가 등을 떠밀었다.

"갔다 와. 불쌍한 비두 오빠가 권하는데 거절할 수 없잖아."

"좋아. 잠깐 기다려."

데릭은 한숨이 나오는 것을 참으며 말했다.

데릭은 커다란 토끼들과 장난꾸러기 암소들에 둘러싸여 여동생과 함께 있는 것이 더 좋았다.

비두의 부모님

비두의 집은 마을에서 조금 떨어진 곳에 있었다.

데릭은 비두의 집이 보기 흉하다고 생각했다. 문을 열어 준 사람은 깡마른 여인이었다. 비두의 엄마였다. 얼굴에는 상냥함이라곤 전혀 없었다. 하지만 뤼도빅으로 통하는 소년을 보자 이를 크게 드러내 보이며 반겼다.

"어머나, 이게 누구야. 우리 뱃사람 아니니? 이제야 비두가 투덜거리지 않겠구나."

하지만 그렇게 말하면서도 포옹해 주지는 않았다.

두 소년은 비두 엄마를 따라 어두컴컴한 방으로 들어갔다. 그 방은 부엌과 거실을 겸하는 곳 같았다. 곰팡내와 비계 냄새가 났다. 탁자 뒤로 음울한 눈빛을 지닌 등이 굽은 남자가 보였다.

"르네, 뤼도빅이 왔어요."

비두 엄마가 말했다.

데릭은 그 사람이 비두 아빠라는 것을 깨닫고 거북함을 느끼며 다가갔다. 뺨을 내밀어야 할지를 자문하면서.

그때 데릭은 비두 아빠가 휠체어에 앉아 있다는 것을 발견했다. 깜짝 놀란 데릭은 약간 멈칫했다. 비두 아빠가 밭에서 일하고 있다고 추측했을 때 다뤼 영감이 즐거워했던 이유를 이제 막 이해한 것이다.

"녀석, 어서 포옹해 주지 않고 뭐하고 있니?"

데릭은 비두 엄마의 말에 재빨리 포옹하고는 여전히 놀란 채 탁자 주변에 앉았다.

비두 엄마에게는 어딘가 무서운 점이 있었다.

'뽀빠이에 나오는 올리브랑 닮았어. 하지만 심술궂은 얼굴인걸.'

데릭은 생각했다.

비두 엄마는 비두를 눈에 띄게 바보 취급하며 줄곧 매몰차게 대했다. 그러면서도 얼마나 위선적인지! 뤼도빅의 모험을 칭찬하면서 비두를 무시했다.

"비두야, 알겠니? 네 친구는 적어도 결단성이 있단 말이야. 너나 네 불쌍한 아버지하곤 달라."

그 불친절한 여인은 뤼도빅이 없는 사이에 베르나르 일가의 슬픔에 즐거워했을 것이 틀림없었다. 미소에는 가시가 있었다. 비두 아빠는 조용했다. 졸고 있는 것 같았다. 비두가 레모네이드를 담은 컵과 썩은 냄새가 나는 비스킷을 가져오는 동안 비두 엄마는 계속 함부로 말하며 마을 사람들에 대해 이런저런 비판을 늘어놓았다.

"……비두는 절대 그런 일은 하지 못할 거야. 쟤는 결단력이 없거든. 게다가 얼마나 우둔한데. 하여튼 쟤는 위험한 것을 너무 무서워한다고. 안 그래? 이 천치 같은 녀석아."

비두는 아무 대답 없이 설거지를 하며 바삐 움직였다.

"더 빨리 움직여, 어서!"

비두 엄마는 계속 비두에게 못되게 굴었다.

데릭은 피가 끓어오르는 것을 느꼈다. 비두 엄마는 데릭을 격분시켰다. 비두 아빠의 병이 비두 엄마의 성격을 거칠게 만들었을 것이다. 비두 엄마는 아들에게 화풀이를 하는 것이 분명했다.

'그래, 틀림없어. 그렇다고 해도 저 가엾은 비두에게는 얼마나 심한 악몽일까. 저렇게 착한 아이인데…….'

"너는 진짜 모험가구나."

비두 엄마가 다시 데릭에게 말했다. 칭찬을 하면서 험담거리를 얻어 내려는 것이 역력했다. 데릭은 차갑게 대답했다.

"아시잖아요. 항상 부모님과 의견이 같을 수는 없지만 그래도 부모님께 고통을 안겨 드리는 건 좋지 않아요."

"무슨 말이니?"

"집에 돌아온 뒤에야 비로소 깨달았어요. 제가 얼마나 부모님께 소중한 존재인지, 부모님이 저 때문에 얼마나 많이 걱정하셨는지 말이에요. 그전에 집을 떠날 때는 그런 걸 생각하지 못했어요. 그저 바다와 물고기를 가까이에서 보고 싶은 마음뿐이었죠."

"흠, 레모네이드 한 잔 더 마시렴. 비두야, 가서 한 병 더 꺼내 와."

"정말 감사하지만 이제 그만 집에 돌아가 봐야겠어요. 텃밭 일을 도와드려야 하거든요."

그러자 비두 엄마는 비두에게 냉정하게 말했다.

"비두도 마찬가지란다. 장작을 다 들여놓지 않았지. 비두야, 문 앞까지 친구를 배웅해 주렴. 그리고 곧장 일하러 가거라."

데릭은 쓰린 가슴을 안고 비두네 집을 나왔다. 비두는 화를 내려야 낼 수 없는 미소를 보내며 말했다.

"부모님도 널 봐서 기쁘신 것 같아. 자, 난 다시 들어가야 해. 할 게 많거든. 그럼 크리스마스 잘 보내. 가족들에게 인사 전해 주고."

데릭은 슬프게 대답했다.

"너도 잘 보내."

데릭은 비두가 어떤 크리스마스를 보낼지 상상조차 하기 싫었다. 두세 발자국 걸어간 뒤에 데릭은 뒤돌아서서 비두를 불렀다.

"비두! 잊어버리고 말하지 않은 게 있어!"

비두가 놀라 눈을 크게 떴다.

"원래 너 주려고 선물을 하나 샀어. 범선 모형이었는데 돌아오는 길에 도둑맞았어. 나중에 얘기해 줄게!"

"진짜? 범선이라니 정말 멋진데! 진짜 근사했겠다!"

비두는 그 소식에 아주 즐거워하는 것 같았다. 비두는 데릭이 보이지 않을 때까지 손을 흔들었다.

'내가 집을 나온 건 단지 아빠가 화를 내서였는데……. 그러면 비두는 뭘 해야 할까? 그 성질 사나운 여자에게서 벗어나려면 아마도 세계 일주 정도는 해야 할 거야.'

데릭은 자기가 세상에서 제일 불행한 사람이 아니라는 것을 방금 깨달았다. 부모님이 가끔 짜증 나게 하는 것은 사실이지만 비두 엄마에 비하면 정말 흠잡을 데 없는 부모님이었다. 비두 아빠는 심신이 매우 쇠약한 것 같았다. 저녁마다 비두는 집에서 얼마나 우울한 시간을 보낼까!

데릭은 돌아오는 길에 많은 생각을 했다. 비뉴에 온 이후로 인생에 대해서 많이 배우는 것 같았다.

갑자기 격한 감정이 데릭을 사로잡았다.

'어떻게 뤼도빅은 비두처럼 착하고 불쌍한 친구를 내버려두고 갑자기 떠날 수 있었을까? 정말 이기적인 녀석이군!'

화가 치밀어 올랐다.

다뤼 영감의 집 근처에 다다르자 데릭은 재빨리 고개를 돌렸다. 하지만 운이 나쁘게도 다뤼 영감이 데릭을 불러 세웠다. 지나가는 사람의 짜증을 돋우는 것이 영감의 유일한 낙인 것 같았다.

"그래, 뤼도빅. 비두 아버지를 만났니? 밭에서 일하던?"

다뤼 영감의 어깨가 규칙적으로 들썩였다. 영감은 웃느라 어찌할 바를 몰랐다. 데릭은 어깨를 한번 으쓱하고는 태연하게 대답했다.

"지금 바쁘거든요, 다뤼 할아버지. 죄송합니다. 집에 빨리 들어가야 해요."

데릭은 몹시 화가 났지만 애써 참으며 걸음을 재촉했다. 저 영감은 앞으로 언제까지 자기의 새로운 삶을 망쳐 놓을 것인가? 그런 생각을 하다 보니 진땀이 났다.

미슐린 부인이 데릭을 맞으며 말했다.

"널 기다리고 있었단다. 폴 형이 곧 도착할 거야. 그러면 오늘 저녁 온 가족이 다 모이는구나. 점심 준비가 다 되어 가니까 아네트랑 함께 식탁을 차리고 아버지를 모시고 오려무나."

곧이어 오귀스탱 씨가 왔다. 모두들 식탁에 앉았다. 미슐린 부인은 야채샐러드를 그릇에 담아 내놓으며 안도의 미소를 띠고 말했다.

"드디어 예전처럼 모두 모이겠구나. 아무 일도 일어나지 않은 것만 같다. 그래도 뤼도빅, 언젠가는 모두 이야기해 줄 수 있겠지?"

"네, 엄마."

데릭은 대답과 함께 자기 접시에 얼굴을 파묻었다. 그걸 보고 아네트가 말했다.

"오빠가 슬퍼하는 것 같아요. 마녀를 다시 만났나?"

데릭은 아네트가 비두 엄마를 암시한 것임을 이해했다. 마녀라는 단어가 비두 엄마에게 정말 잘 어울렸다.

"응, 그런 성격의 엄마를 견뎌야 하다니 비두도 참 힘들 거야."

그 말을 듣고 오귀스탱 씨가 말했다.

"르네가 사고를 당한 다음부터 그렇게 된 거지 뭐."

미슐린 부인이 오귀스탱 씨의 말에 반박했다.

"르네의 사고라, 좋은 핑곗거리죠. 하지만 그 여인네는 그 전에도 못된 성격이었어요. 내 참! 우리에게도 큰 고통을 주었잖아요. 형편없는 여편네!"

아네트도 놀림 삼아 말했다.

"주정뱅이 아줌마잖아요?"

그러자 오귀스탱 씨가 아네트를 나무랐다.

"조용히 해. 어른에게 그렇게 말하는 거 아니다."

폴의 귀가

 식사가 끝나자마자 문이 열리고 누군가 육중한 걸음걸이로 부엌을 향해 오는 소리가 들렸다. 키가 크고 머리를 아주 짧게 깎은 창백한 젊은이였다. 데릭은 금방 그 군인이 폴이라는 것을 알아차렸다. 그는 입을 커다랗게 벌렸다.
 "이럴 수가, 이럴 수가……. 집에 있네, 저 바보 같은 놈이. 정말 놀랐어. 그런데 왜 전화로 말해 주지 않았어요?"
 폴이 미슐린 부인에게 원망하는 투로 물었다. 그러자 미슐린 부인이 대답했다.
 "널 깜짝 놀라게 해 주려고 그랬단다."
 폴은 의자에 털썩 주저앉아 군인들이 휴대하는 개인장비를 옆에 풀어 놓았다. 그리고 어안이 벙벙한 얼굴로 데릭을 바라보았다.
 "놀라게 해 주고 싶었다고요? 그게 아니라 난 저 애를 간신히 알아봤는걸요. 난 저 애가 죽은 줄로만 알았는데……."

"쉿! 쟤 앞에서 그렇게 말하지 마려무나."

미슐린 부인이 눈살을 찌푸리며 말했다.

"폴 오빠는 언제나 비관적이야."

아네트가 자기도 그렇게 생각했었다는 것을 잊어버리고 말했다. 그러자 폴은 아네트의 말을 정정해 주었다.

"비관적이 아니라 현실적인 거지. 어머니 아버지도 시골에서 조금만 벗어나면 세상에 얼마나 나쁜 일들이 많이 일어나는지 알게 되실 거예요. 어제만 해도 한 녀석이 끔찍한 이야기를 들려줬어요. 열두 살 먹은 아이가 토막 난 채로 가방 속에서 발견되었는데……."

오귀스탱 씨가 화를 내며 폴의 이야기를 끊었다.

"조용히 해라, 폴. 크리스마스야. 넌 군인이 어울리지 않아! 나와 함께 일하는 게 더 낫겠다."

"그럴 마음이 조금도 없다는 걸 잘 아시잖아요, 아버지. 그 문제는 다시 얘기하고 싶지 않아요. 그리고 전 바깥 세상을 알고 싶어요. 뤼도빅도 그랬던 거고요. 그렇지 않니, 뤼도?"

폴은 데릭에게 윙크를 했다. 데릭은 그저 멍하니 미소만 지었다.

"어떻게 지냈는지 저 녀석이 아무 말도 안 해 줬을 거야. 분명해. 그렇지, 뤼도?"

데릭은 고개를 끄덕였다. 폴이 계속해서 말했다.

"저 녀석은 진짜 베르나르가 사람이야. 말수도 적고, 정말 속을 알 수 없단 말이야. 내가 너처럼 어리다면 해군에 자원입대할 거야."

그 말에 미슐린 부인이 화를 내며 말했다.

"걔 좀 가만 놔둬라. 아직 어린애라니까."

그동안 데릭의 머릿속에는 갖가지 생각들이 줄을 이었다.

'폴 역시 날 동생으로 믿고 있어. 일 초도 망설이지 않았다니까. 그러고 보면 진짜 이 가족이 생김새를 정확히 구별하지 못하거나 아니면 내가 뤼도빅과 쌍둥이처럼 닮은 거야.'

또 하나의 가정이 그의 머릿속을 스쳤다. 다뤼 영감의 말이 떠오른 것이다.

'자식들이 모두 집에 있기를 바라는 거지. 그뿐이야.'

데릭의 생각은 계속되었다.

'그래도 일부러 모르는 체하는 것 같지는 않아. 마을 사람들 앞에서 체면을 유지하기 위해 그렇게 할 수 있을까? 아니면 다뤼 영감이 악담한 것처럼 이 사람들이 멍청한 것일까? 진실은 이 사람들이 스스로에게 그런 종류의 질문을 던질 용기가 없다는 걸 거야. 그들은 내가 뤼도빅이기를 원해. 그리고 내겐 이 사람들에게 진실을 밝힘으로써 고통을 줄 권리가 없어. 이 사람들은 그만큼 아들이 돌아오기를 바랐던 거고. 그래서 전심전력으로 내가 뤼도빅이라고 믿는 거야. 그런데 우리 부모님은 지금 무엇을 하고 있을까? 내가 돌아오기를 바랄까? 아니야, 그럴 리 없어. 분명히 신경도 쓰지 않을 거야.'

데릭은 부모님이 생각날 때마다 그런 식으로 생각하기로 했다.

그때 커다란 손이 데릭의 머리를 쓰다듬었다. 폴이었다.

"이제 정말 마음이 놓인다."

오귀스탱 씨가 텔레비전을 켰다. 화면에는 광우병에 걸린 소들을 도살할 것이라는 뉴스가 나왔다. 깜짝 놀란 오귀스탱 씨가 말했다.

"통탄할 일이야. 얼마나 낭비냐고."

가족의 화제가 광우병으로 옮아갔다. 그러면서 모두가 텔레비전을 보느라 데릭을 잊어버렸다. 데릭은 텔레비전 때문에 불쑥 잭의 부모님이 생각났다. 잭에게 편지를 한 통 써야겠다고 마음먹었다.

데릭은 조용히 방으로 물러갔다. 방에는 작고 오래된 여닫이 서랍이 달린 책상이 있었는데 그 서랍이 데릭의 호기심을 유발했다. 뤼도빅이 거기에 자기 물건들을 넣어 놓았음이 틀림없었다. 데릭은 책상 서랍을 뒤지기 시작했다. 경솔한 행동이기는 하지만 양심의 가책은 없었다.

서랍 하나에는 학교 수업 시간에 필요한 물건들이 들어 있었다. 뤼도빅은 글씨를 공들여서 또박또박 쓰는 스타일이었다. 중학교 일 학년 공책이 잘 보관되어 있었다. 데릭은 문법 시험지도 찾아냈다. 최우수, 우수, 최우수. 수학 시험지는 이십 점 만점에 십오 점, 십이 점, 십칠 점이었다. 영어는 이십 점 만점에 이십 점, 십팔 점, 이십 점이었다. 더 바랄 것이 없었다. 뤼도빅은 우등생이었던 것이다. 데릭은 한숨을 길게 내쉬었다.

이제 어떻게 하지? 겨울방학은 영원히 지속되지 않는다. 곧 수업이 재개될 것이다. 그런데 일 학년 때 낙제생이었던 학생이 이 학년 수업에 들어가서 글씨를 잘 쓰는 우등생이 되어야 한다니.

만일 도망친다면? 같은 반 학생들과 선생님이 사기극을

알아채고 공개적으로 망신을 주기 전에 집으로 돌아간다면? 집으로 돌아가서 다시 낙제생 데릭 르장드르가 될 것인가, 아니면 이곳에서 뤼도빅 베르나르로 남을 것인가? 뤼도빅의 국어 선생님이 내린 평가처럼 '지적이고 감수성이 풍부한' 소년으로 연기하면서 말이다.

뤼도빅이 되는 것은 아주 매력적인 일이었다. 요컨대 잘못된 점이 있다 해도 오랜 기간 결석했기 때문이라고 생각해 줄 것이었다.

뤼도빅은 정확히 데릭이 꿈꿔 왔던, 그리고 되고 싶었던 유형의 소년이었다. 학급 일등이면서 진정한 모험가의 면모를 함께 지닌 소년.

책상 서랍 깊은 곳에 정리된 몇 권의 문고판 책이 그의 관심을 끌었다. 베르나르 클라벨이 쓴 『바다의 전설』을 꺼내 펼쳐 보았다. 면지에는 밑줄과 함께 뤼도빅 베르나르라는 이름이 적혀 있었다. 스티븐슨의 『보물섬』, 쥘 베른의 『15 소년 표류기』와 『해저 2만 리』도 있었다. 또한 피에르 베리의 『생타질의 실종자들』도 있었는데 데릭이 영화로 본 적이 있는 작품이었다. 텔레비전에서 방영해 주었던 것이다.

텔레비전! 데릭은 다른 사람들, 예를 들면 잭의 부모님이

나 자신의 부모님이 몇 시간이고 텔레비전만 본다고 비난했던 것을 깨달았다. 그런데 데릭 자신은 어떠했던가? 그것 말고 한 일이 뭐가 있었나? 데릭이 알고 있는 지식은 모두 텔레비전에서 얻은 것이었다. 잭은 기타 연습을 했고 뤼도빅은 책을 읽었다. 그런데 자신은 같은 시간에 도대체 무엇을 했는가? 이제 다른 사람 행세를 하는 것 말고는 말이다.

'어라,『탱탱』만화책도 있네. 적어도 나와 취향 한 가지는 같군.'

데릭은 맨 아래의 커다란 서랍에서 진짜 보물단지를 발견했다. 여러 가지 돌들이 정리되어 있었고, 돌마다 푸른 편암, 석영, 규석, 분홍 화강암, 현무암, 검은 석고 등의 표가 붙어 있었다.

데릭은 질투심에 가득 차서 서랍을 닫아 버렸다. 같은 날에 두 가지 커다란 발견을 했다. 하나는 자신이 세상에서 가장 불행한 존재가 아니라는 것이며, 다른 하나는 사람들의 주목을 끄는 뛰어난 소년도 아니라는 것이었다. 첫 번째는 마음을 놓이게 했지만 두 번째는······.

마지막을 장식한 것은 책상 위에 자랑스럽게 놓인 트로피였다. '1995년 트루아 주니어 탁구 대회 챔피언'이라고 새겨

져 있었다. 그 밑에는 뤼도빅 베르나르라는 이름이 있었다. 데릭은 기가 완전히 꺾였다.

'운동엔 정말 소질이 없는데. 할 수 없지. 팔을 다쳤다고 해야겠군. 이제 난 거짓말쟁이가 아니라 비열한 사기꾼이 됐어. 그렇게 지적이고 감수성이 풍부한 소년에다가 기가 막힌 탁구 선수이기도 하고, 박학다식한 암석 수집가이자 모험을 즐기는 뱃사람 행세를 해야 하다니…….'

데릭은 그대로 침대에 풀썩 주저앉았다.

'뤼도빅을 절대로, 절대로 따라가지 못할 거야.'

그때 폴이 조심스럽게 문을 열었다. 폴은 동생이 두 손으로 머리를 감싸 쥐고 있는 것을 보았다. 폴이 데릭에게 다가와 속삭였다.

"걱정하지 마. 네가 살아 돌아온 것만으로도 모두들 무척 기뻐하고 있어."

폴은 아네트의 침대에 앉아 데릭의 어깨에 두 손을 얹었다.

"그래서 배를 탔다고?"

"응."

데릭은 한숨과 함께 대답했다.

"굉장해, 너한테 진짜 놀랐다. 물론 말없이 집을 떠난 건 잘한 일이 아니지만 하여튼 넌 대단한 녀석이야."

"휴!"

데릭은 다시 한숨을 쉬었다.

"정말이라니까. 너도 잘 알잖아. 너는 항상 우리 가족의 자랑거리였다고."

폴은 하품을 하고는 그대로 누워 잠이 들었다. 그런 그를 보며 데릭은 생각했다.

'내가 가족의 자랑거리라고? 정말 놀랄 일이군.'

비뉴에서의 크리스마스

비뉴에서 크리스마스를 보내는 것은 유쾌한 일이었다.

베르나르 가족들은 집 안을 꾸미며 바삐 돌아다녔다. 부엌에서는 맛있는 냄새가 새어 나왔다. 미슐린 부인은 부엌에 가족들이 들어오는 것을 금했다. 깜짝 놀라게 해 주려고 저녁 만찬 메뉴를 비밀로 한 것이다.

데릭은 '어쨌든 대가족으로 지내는 것은 근사한 일'이라고 생각했다.

아네트가 방문을 열고는 화를 내는 척하며 말했다.

"이 군인 아저씨는 내 침대에서 뭘 하는 거야?"

그러면서 폴의 발을 밀어 놓고 귀퉁이에 앉았다.

"엄마 아빠한테 줄 선물을 보여 줄게."

아네트는 포장을 풀어 엄마를 위해 준비한 커다란 크리스털 접시와 아빠에게 줄 골동품 지도를 꺼냈다.

"둘이 같이 준비한 걸로 해. 대신 나중에 결혼기념일 선물은 오빠가 사. 그런데 오빠가 해 줬으면 하는 게 하나 있는데……."

"뭔데?"

데릭은 잔뜩 긴장하여 물었다.

"엄마 아빠한테 편지를 써서 오늘 저녁에 전해 드려. 그러면 다른 어떤 선물보다도 훨씬 더 기뻐하실 거야."

"그럴까?"

데릭이 힘없이 대답했다. 또 한 번 거짓말을 해야 했다. 아무 얘기나 꾸며 써야 했다. 그것도 뤼도빅의 훌륭한 글씨체를 흉내 내며 철자법 하나 틀리지 않고 말이다.

"그래, 좋은 생각이야. 바로 시작해야지."

데릭은 스스로를 설득하듯이 고개를 끄덕이며 말했다.

아네트가 살며시 방을 빠져나갔다. 데릭은 절망감에 사로잡혔지만 그래도 뤼도빅의 작은 책상 앞에 앉았다. 어떻게 써야 할지 영감이 떠오르지 않았다.

데릭은 의자에 편히 앉았다. 데릭의 눈길이 폴에게로 갔다. 폴은 여전히 깊이 잠들어 있었다.

데릭은 뤼도빅의 공책을 펴고 다시 한 번 그 멋진 글씨체를 바라보며 한숨을 푹 내쉬었다.

데릭은 사랑하는 부모님이라고 연습장에 썼다 지웠다 하기를 십여 번도 더 했다. 그제야 글씨체가 비슷해지기 시작했다.

사랑하는 부모님

그다음엔 무얼 써야 하지? 데릭은 얼굴을 돌려 창문 쪽을 보다가 다시 문 쪽을 바라보았다. 미슐린 부인이 이웃 아줌마들과 이야기하는 소리가 희미하게 들렸다. 서로 건강하라는 인사를 주고받는 중이었다. 그래, 그거야. 그 말부터 시작해야 해.

정말 멋진 크리스마스를 맞으시기 바랍니다.

데릭은 열심히 썼다. 그리고 크리스마스라는 단어를 사전에서 찾아 철자가 맞는지 확인했다. 모든 단어를 그렇게 했다. 편지를 쓰는 것이 지금까지 한 모든 거짓말 때문에 받는 벌인 것만 같았다.

편지가 데릭에게 결단을 내리게 했다. 뤼도빅이 되고 싶어? 그러면 뤼도빅 수준을 따라잡아야지! 뤼도빅의 펜이 그렇게 말했다.

데릭이 그 섬세한 만년필을 손에 쥔 순간부터 데릭의 글씨체는 예전과 같지 않았다. 펜이 스스로 데릭의 손을 안내하며 뤼도빅의 글씨체를 따라가도록 이끄는 것 같았다.

'이 펜이 뤼도빅의 지식과 감수성도 내게 줄 수 있다면……. 어쩔 수 없지. 시작하자.'

…… 가출했던 것에 대해 용서를 빌어요. 미리 말씀드렸다면 엄마 아빠는 제 계획에 찬성하지 않으셨겠지요. 저로서는 꿈을 이루고 싶었어요. 집을 나설 때는 그 생각밖에 없었어요. 아시다시피 저는 배를 타고 카리브해로 떠났지요. 그곳에서는 편지 쓰기가 어려웠어요. 배가 기항하는 경우도 거의 없었고, 후회 때문에 마음이 괴로웠기 때문이에요.

편지를 써 내려가던 데릭은 잠시 이런 생각을 했다.
'어쨌든 용서를 비는 게 좋아.'

다시 부모님을 뵈었을 때, 비두를 다시 만났을 때, 제가 얼마나 무분별했는지 깨달았어요.

데릭은 이 대목에서 잠시 멈추고 무분별이라는 단어의 철자가 맞는지 확인해 보았다.

...... 무작정 집을 나간다는 것이 얼마나 위험한 짓인지 그때는 잘 몰랐어요. 다시는 그러지 않겠다고 약속할게요. 폴 형이 제게 해군에 입대하라고 충고해 주었어요. 그것도 생각해 보겠지만 지금으로서는 공부를 계속할 생각이에요. 시간을 많이 낭비해서 이제는 낙제생이 되지 않을까 걱정이거든요.

'적어도 이 말은 진심이야. 어쨌든 진심을 말하는 것이 좋지.'

장래에 대해서도 많이 생각해 보았어요. 저는 집이 좋아요. 비뉴를 무척 사랑해요. 제 잘못을 꾸짖지 않아 주셔서 감사합니다. 제가 이렇게 좋은 부모님을 모실 자격이나 있는지 모르겠어요. 감사합니다.

류도빅 올림

데릭은 스스로에게 깜짝 놀라 편지를 다시 읽어 보았다. 단숨에 쓴 내용이었다. 뤼도빅의 펜 덕분인 것 같았다. 그런 영웅의 자리를 차지하자 데릭은 좀 더 똑똑해지고 감수성이 풍부해졌다. 그것은 분명한 사실이었다.

데릭은 편지지에 옮겨 쓰고는 다시 한 번 철자를 꼼꼼히 확인한 뒤에 편지지를 봉투에 넣었다.

허리케인과 퓌리

　새로운 해가 시작되었다. 데릭에게는 단순히 새해가 시작되는 것이 아니었다. 새로운 이름을 갖고 새로운 가정에서 눈을 뜨며 새로운 부모님과 새로운 형제자매를 가진 새로운 소년이 된 것이다. 물론 새로운 단짝 친구도 있고.

　데릭은 잠이 깬 뒤에도 침대에서 나오지 않고 밖에서 들어오는 신선한 공기를 마셨다. 안개 낀 샤티용 쉬르 우아즈의 아침 공기와는 전혀 달랐다.

　아네트는 아직 자고 있었다. 전날 밤에 식구들은 모두 늦게 잠자리에 들었다. 베르나르 일가는 크리스마스 때처럼 또 선물을 교환했다. 데릭은 해저 세계에 관한 책들을 선물로 받았다. 데릭은 책상 위에 놓인 책 더미를 바라보며 미소 지었다.

　'저 책들을 읽으면 바다에 대해 조금은 알게 되겠구나. 가장 좋지 않은 일은 바다에 대해 꽤 흥미가 생기기 시작했다

는 거야.'

데릭은 전날 밤에 아네트가 선물한 금붕어인 제르와 아르를 쳐다보았다. 금붕어들은 막연히 불안한 눈을 하고 어항에서 맴돌고 있었다.

'저 녀석들은 그다지 영리한 것 같지도, 사나운 것 같지도 않아. 곰곰이 생각해 봤지만 물고기를 좋아하는 뤼도빅의 취미를 따라가기는 힘들어. 그래도 내가 저 금붕어들을 키워야 해.'

데릭은 먹이가 담긴 통을 흔들었다. 그러자 금붕어들이 수면으로 올라왔다.

"금붕어가 맘에 들어?"

마침 잠에서 깨어난 아네트가 물었다.

데릭은 황급히 몸을 돌렸다.

"뭐라고? 아, 그럼, 그럼!"

"아 참, 새해 복 많이 받아."

아네트가 말했다

"그래, 너도 복 많이 받아!"

데릭은 아네트를 안아 주었다.

"가서 군인 아저씨를 깨우자."

데릭과 아네트는 같이 폴의 방으로 갔다.

"코 고는 소리 좀 들어 봐, 오빠. 군대에 간 다음부터 저렇거든."

아네트가 말했다.

"오빠, 어서 나팔 불어."

"뭐라고?"

"군대 나팔 말이야. 흉내 잘 내잖아. 빼지 말고."

데릭은 '별걸 다 해야 하는군!' 하고 생각했다. 데릭은 두 손을 모아 입가에 댄 뒤 나팔 소리를 냈다.

"뚜뚜 뚜 뚜!"

그러자 아네트가 소리쳤다.

"차려엇, 명령에 따라 기상!"

폴이 몸을 돌리며 신음하듯 말했다.

"조용히 해, 나쁜 녀석들! 아, 세상모르고 잤군."

"우리에게 복 많이 받으라고 할 것!"

다시 아네트가 폴의 귀에 입을 바짝 붙이고 고함쳤다.

잠에서 덜 깬 멍한 얼굴로 폴이 침대 밖으로 머리를 내밀었다.

"새해 복 많이 받아라, 이 지긋지긋한 말괄량이야. 뱃사람도 복 많이 받고."

폴은 두 명의 침입자 볼에 쪽 소리를 내며 입을 맞추고는 다시 침대로 털썩 쓰러졌다. 그러고는 채 일 분도 되지 않아 규칙적으로 코를 골기 시작했다.

"오빠가 보기에도 완전히 녹초가 된 것 같지?"

아네트가 데릭에게 물었다.

"좀 그런 것 같다. 군대 생활이 피곤한가 봐."

데릭은 아네트와 주방으로 내려갔다. 오귀스탱 씨는 주방에서 커피를 마시고 있었다. 미슐린 부인은 아이들을 기다리고 있었다. 아들로 추정되는 소년이 돌아온 뒤로 얼마나 행복해 보이는지! 데릭이 미슐린 부인 두 눈 사이에 생겼던 커다란 주름을 사라지게 한 것이다.

네 사람은 또 한 번 서로 포옹했다. 그리고 진심을 담아 새해 덕담을 나누었다.

미슐린 부인이 말했다.

"그런데 뤼도빅, 그 불쌍한 비두가 오늘 아침에 벌써 두 번이나 널 만나러 왔었단다. 빨리 옷 입고 나가 보렴. 그 애가 집에서 즐겁지도 편안하지도 않다는 걸 잘 알잖아. 그리고 아네트, 너는 이리 와서 바느질하는 것 좀 도와주렴. 자자, 서둘러 옷들 입고. 잠옷 차림으로 왔다 갔다 하는 게 보기 좋지 않구나."

아네트와 데릭은 계단을 뛰어 올라갔다. 나무 층계참을 힘껏 밟아 삐걱거리는 소리가 나게 하는 것이 재미있었다.

데릭은 욕실 창문 너머로 거리를 흘낏 살폈다. 비두가 옛 공동 빨래터에 앉아 있는 것이 보였다. 머리를 앞으로 기울이고 무언가 골똘히 생각하는 모습이었다.

친구를 바라보면서 데릭은 다시 한 번 부모님을 생각했다. 그러면서 샤티용에 있을 때도 그렇게 불행했던 건 아니라고 중얼거렸다. 그렇지만 지금으로서는 샤티용에 돌아갈 마음이 없었다. 비뉴에 있는 것이 편안했기 때문이다.

'분명히 후회할지도 몰라. 하지만 지금은 아냐. 예전엔 집에 너무 틀어박혀 있었던 것 같아.'

전날 저녁에 큰형 클로드가 만물박사답게 말했다.

"사춘기 애들은 집 밖으로 쫓아내야 할 때가 있어. 그러지 않으면 바보 같은 짓을 하거나 식구들을 못살게 굴거든."

물론 클로드의 말은 뤼도빅을 겨냥한 것이었다. 그러나 가족들 모두 송년 파티 분위기를 망치지 않기 위해 그 말을 못 들은 척했다. 그래도 클로드는 꿋꿋이 덧붙였다.

"사춘기는 정말 최악의 나이야. 나만 해도 세계 일주하는 꿈만 꾸었거든. 그러면서 만나는 사람마다 집에서 감옥에 갇힌 듯 살고 있다고 말했지."

그러자 옆에 있던 클로드의 아내 안니가 속삭였다.

"조용히 해요, 클로드."

폴이 말했다.

"불평쟁이 형, 그건 사실이야. 형은 어릴 때 정말 그랬다고. 기억이……"

그런 이야기가 길어질 것처럼 보이자 미슐린 부인이 말을 잘랐다.

"쉿! 이제 후식을 먹어야지."

클로드를 보고 데릭은 생각했다.

'내게 질투가 나나 봐. 바로 그거야. 저렇게 나이 들어서도 바보같이 질투를 하다니…….'

놀라운 일도 아니었다. 스스로도 뤼도빅을 질투하기 때문이었다. 베르나르 집안은 뤼도빅의 독무대였다. 뤼도빅의 어른스러움, 좋은 성적, 탁구 대회 우승, 모험심 등등. 폴이 말한 것처럼 뤼도빅은 가족의 자랑거리였다.

클로드는 뤼도빅이 돌아왔을 때 따귀를 한 대 맞았어야 한다고 생각하는 것 같았다. 하지만 식구들은 뤼도빅을 왕처럼 영접했다. 그게 클로드의 눈에 거슬렸음이 틀림없었다. 못된 질투쟁이!

데릭은 어깨를 으쓱하며 양말과 고무장화를 찾아 신었다. 그리고 빨래터에 앉아 있는 비두에게 달려가 등을 치며 말했다.

"새해 복 많이 받아, 친구."

비두가 깜짝 놀라며 대답했다.

"아, 안녕. 지나가다가 잠깐 앉았던 거야."

'저렇게 자존심이 세다니! 날 기다렸으면서도 그런 얘기는 절대로 하지 않을 셈이군.'

비두는 서둘러 이렇게 덧붙였다.

"너도 복 많이 받아. 우리 둘 다 이번 한 해 잘 지냈으면 좋겠다."

그러고는 얼굴을 붉혔다.

"걱정하지 마."

데릭 역시 이마가 화끈거리는 것을 느꼈다. 그때 비두가 말했다.

"저기 좀 봐. 다뤼 할아버지야. 우리에게 뭔가 할 말이 있는 것 같은데."

"이봐, 친구. 산책이나 가지?"

"응, 그래. 하지만 다뤼 할아버지한테 인사부터 하고."

데릭은 '또 악몽이 시작됐군. 저 늙은 여우는 또 뭘 하려는 거지?' 하고 생각했다. 그리고 한숨을 푹 내쉬었다.

비두와 데릭은 다뤼 영감의 앞으로 갔다.

"오, 얘들아. 오늘은 무얼 하려고 하니? 그래, 그래. 새해 복 많이 받고. 그렇지, 그렇지. 아, 그래. 숲에 가는 길이구나. 좋아, 좋아. 비두야, 네 아버지는 좀 어떠시냐? 좋아, 좋아. 흠…… 얘들아, 너희 속담 좋아하니? 그래, 내가 옛날에 들었던 동양의 오래된 속담이 하나 있단다. 그때만 해도 젊을 때였지. 그건 그렇고…… 그래, 생각났다. 이런 거였어. 거짓말의 끈은 항상 짧은 법이다. 바로 그거야. 너희는 어떻게 생각하니? 자, 어서 산책을 가려무나. 날씨도 좋구나. 나같이 망령 든 늙은이하고 앉아서 이야기할 게 뭐 있겠니? 그래, 그래…… 정말 망령 든 영감이지."

데릭과 비두는 다뤼 영감을 지나쳐 마을을 벗어났다.

"뤼도, 왜 그래? 다뤼 할아버지 때문에 화난 것처럼 보여."

데릭은 앙다문 이를 풀지 않았다.

'거짓말의 끈이라……. 그 늙은 여우가 무슨 말을 하려고 한 걸까? 저 빈정거리는 영감만 없다면 비뉴에서 모든 일이 잘되어 갈 텐데…….'

데릭은 비두의 물음에 퉁명스럽게 대답했다.

"그냥, 너무 수다스러운 거 같아서. 그뿐이야. 우리처럼 배 타는 사람들은 침묵하는 법을 배우지. 뱃사람은 그런 거야."

"아!"

비두가 감탄했다.

비두는 한동안 잠자코 있으면서 커다란 항해선 뱃전에 서 있는 친구의 모습을 상상해 보았다. 볕에 그을린 얼굴과 끝없이 펼쳐진 대양을 응시하는 시선…….

비두는 이제 막 『모비 딕』을 읽었기 때문에, 뤼도빅이 흰 고래와 싸우는 모습이 상상되었다.

'난 절대로 뤼도빅의 발꿈치도 따라가지 못할 거야.'

비두는 그렇게 생각했다. 그러다 불현듯 저런 영웅이 자기에게 싫증이라도 내지 않을까 하는 걱정이 들었다.

"아 참, 뤼도. 슈맹 농장에 가 볼까?"

"뭐하게?"

"너도 잘 알잖아! 허리케인과 퓌리를 타 볼 수 있을 거야. 이 시기에는 관광객도 없어. 이십 프랑만 받고 태워 줄 거야."

데릭은 이마에 손을 얹었다. 허리케인과 퓌리? 데릭은 어렴풋이 콧구멍으로 김을 내뿜으며 미친 듯이 날뛰는 말을 예감했다. 그러고는 기운 없는 목소리로 말했다.

"그래…… 그런데 오늘 할 일은 없니?"

"없어. 외출 허가를 받았거든. 엄마는 트루아에 있는 외갓집에 가셨어. 아빠는 피곤해서 주무시고."

데릭은 용기를 내기 위해 침을 꿀꺽 삼키고는 기대감에 부푼 미소를 보이려고 노력했다.

"그렇다면 대단히 좋은 생각이지. 곧장 그리로 가자."

데릭은 예전에 샤티용 숲에서 온순한 망아지를 탔던 기억이 떠올랐다. 말 잘 듣는 작은 망아지였다. 그런데 그때도 즐겁다고는 느끼지 못했다.

'괜찮아. 어떻게든 모면할 방법이 있겠지. 말에 올라타지

않으려면 뭔가 꾸며 내야 할 텐데…….'

다뤼 영감이 말한 속담이 불길한 예언과도 같이 머리를 스쳤다. 거짓말의 끈은 항상 짧은 법이다.

'그래도 억지로 말을 타라고 하면 어쩌지? 허리케인이 로데오처럼 날 땅바닥에 내팽개치려고 하면? 하느님! 샤티용에 그냥 그대로 있을걸…….'

비두는 몹시 기쁜 기색이었다.

데릭은 머리를 쥐어짰다. 집에 돌아갈 핑계를 찾아내야만 했다.

"저런, 이 고무장화를 신고는 탈 수 없는데. 신발 갈아 신으러 집에 빨리 갔다 올까?"

"뭐하러? 필요한 건 농장에 다 있잖아. 어서 가자. 시간 없어. 허리케인이 널 다시 보면 기뻐할 거야."

'큰일이다. 분명 말들은 알아차릴 거야. 사람보다 훨씬 똑똑하니까. 물론 다뤼 영감은 빼고 말이야. 말이라면 날 씩씩한 뤼도빅으로 착각하지 않을 거야.'

데릭은 속으로 한숨을 쉬었다.

'야단났네. 할 수 없지. 말에 오르기 전에 몸이 아픈 척할 수밖에…….'

농장의 여주인은 젊은이들의 방문에 반색했다. 마을이 뤼도빅의 모험 이야기로 떠들썩했기 때문에 뤼도빅을 다시 보기만을 기다렸던 것이다. 여주인은 호기심으로 눈을 반짝거리며 두 소년을 맞았다.

"진짜 키가 컸네. 목소리도……. 이제 거의 어른 목소리야. 자, 뤼도빅, 두 친구를 보러 가야지? 보렴, 마구간에서 발을 동동 구르고 있잖아."

데릭은 농장에 힐끗 눈길을 던졌다. 책에서 본 것과 같은 진짜 농장이었다. 데릭이 공부하던 그랭빌리에 문법책에 나오는 그런 농장이었다.

'예쁜 농장 여주인이 흰 암탉들에게 모이를 준다. 형용사를 모두 찾아 밑줄을 그으시오.'

작고 낮은 문 뒤에서는 돼지가 꿀꿀거렸다. 데릭이 다가가자 축축한 주둥이가 데릭을 향해 다가왔다. 불쌍한 돼지의 우리에는 공간이 거의 없었다. 데릭을 본 여주인이 말했다.

"파푸유에게 인사하는구나? 착하기도 하지."

비두가 구슬픈 목소리로 물었다.

"저 녀석을 조각조각 베어 낼 용기가 있나요?"

"그렇게 못할 것 같구나. 애야, 내가 조금만 덜 감상적이라면 우리 사업이 더 번창할 거야. 하지만 우리 파푸유는 아주 사랑스러워. 그냥 우리 집에서 계속 키울 거야."

"잘됐네요."

비두가 안심하며 대답했다.

그 분홍빛의 순한 동물에 열중하게 된 데릭은 한순간 농장에 온 목적을 잊어버렸다. 그런데 불행히도 여주인이 마구간 문을 활짝 열었다. 그곳에서 끔찍한 말 울음소리가 새어 나왔다. 데릭은 겁이 나 죽을 것만 같았다. 예상했던 것보다 더 나빴다. 실제로 말을 보니 그저 도망가고 싶었다. 지옥처럼 까맣고, 코에서는 콧김이 새어 나왔으며, 이빨도 엄청나게 컸다. 마구간에 있는 말은 모두 다섯 마리였다. 그 가운데 하나가 특히 흥분한 것 같았다. 그 말은 독침에 찔리기라도 한 듯 자리에서 발을 굴렀다. 황홀해진 비두가 물었다.

"허리케인을 다시 만나니 기쁘지?"

그 말에 데릭은 힘없이 대꾸했다.

"그걸 말이라고 해? 난 감격해서 몸이 다 떨려."

그러면서도 속으로는 이렇게 생각했다.

'이 짐승이 날 죽일 거야. 올라타면 정말 끝장이야. 올라타지 않으면 모든 게 밝혀질 거고.'

데릭은 비틀거리며 거대한 흑색 암말에게 다가가 떨리는 손으로 옆구리를 쓰다듬었다. 그와 거의 동시에 데릭은 뒤로 펄쩍 물러났다. 그 암말이 지체 없이 데릭을 물어뜯으려고 했기 때문이다.

"걱정 마라, 뤼도빅. 지금 신경이 아주 날카로운 상태야. 널 잊어버린 것 같구나."

농장 여주인이 웃음보를 터뜨리며 말했다.

비두는 벌써 발을 안장에 걸쳐 놓고 민첩하게 퓌리에 올라탔다. 퓌리 역시 허리케인처럼 격렬한 성격으로 보이는 암말이었는데도 비두는 침착하고 편안하게 자리를 잡았다.

그것을 본 데릭은 이런 생각이 들었다.

'상황이 점점 더 악화되고 있어. 비두 역시 날 피곤하게 만들기 시작했어.'

행복한 빛을 발산하며 비두가 말했다.

"안 타니?"

데릭은 비틀거리며 마구간 문에 기대어 섰다. 그러자 여주인이 놀라며 물었다.

"어디가 안 좋니, 뤼도빅? 어쩐지 기운이 없어 보이는데. 자, 잠깐 여기 앉아라."

비두가 아연실색하여 데릭을 물끄러미 바라보았다. 비두의 얼굴에 그림자가 지나갔다. 데릭은 '의혹의 그림자'라고 생각했다. 그 때문인지 더 아픈 것 같았다. 데릭은 죽어 가는 목소리로 말했다.

"물 한 잔 주실 수 있나요? 말라리아가 다시 재발하나 봐요."

"세상에, 저 어린 것이 더운 지방의 열병에 걸렸나 보네."

"그런 말은 하지 않았잖아. 심하니?"

비두가 말에서 내려 걱정스러운 듯 물었다.

"그렇게 심하진 않아. 알잖아. 그곳에선 누구나 열병에 걸려. 자연스러운 거야. 하지만 언제 재발하는지는 아무도 몰라."

그 말에 비두가 말했다.

"산책하는 건 그만두자. 너한테 무슨 일이라도 생기면 어떡해."

"미안해."

"뜨거운 초콜릿 차를 한 잔 줄게. 주방으로 가자."

여주인이 제안했다.

마음이 놓인 데릭은 안도의 한숨을 내쉬었다. 그러나 잠시 미루어졌을 뿐이다. 데릭도 잘 알고 있었다.

그들은 김이 모락모락 피어오르는 잔을 앞에 두고 마주 앉았다. 데릭을 살펴보던 여주인이 말했다.

"이제 안색이 돌아왔구나. 좀 나아졌니?"

데릭은 여주인에게 감사의 미소를 보냈다.

"뤼도빅, 이제 돌아가자. 아주머니, 폐 많이 끼쳤어요."

그렇게 말하면서도 비두는 실망감을 감추지 못했다.

데릭은 주방 창문 너머로 밖을 보았다. 어린 소녀 한 명이 순해 보이는 조랑말의 고삐를 잡고 지나갔다. 그걸 본 데릭이 넌지시 말했다.

"저기 좀 봐. 저거라면 지금도 탈 수 있을 거야."

"나와 함께 가려고 일부러 도르뫼르를 탄다고? 아, 넌 정말 좋은 친구야."

비두가 감동 어린 목소리로 말했다.

여주인은 한편으로는 놀라고 한편으로는 재미있다는 표정을 지었다.

"그렇게 하렴. 그러면 어린 시절도 생각날 거야."

데릭은 앞으로의 일까지 생각하고 있었다. 방금 데릭은 우스꽝스러운 꼴의 경계를 넘어간 듯했다. 조랑말을 타더라도 모두들 계속해서 그가 착한 소년이라고 생각할 것이다.

비두가 흥분한 암말에 당당히 올라타고 이리저리 뛰어다니는 동안, 데릭은 무기력한 조랑말을 타고 힘겹게 쫓아갔다. 비두는 약간 빠른 속도로 출발했다가 데릭과 같이 가기 위해 되돌아왔다.

"괜찮아? 아프지 않아?"

비두의 말에 데릭이 머리끝까지 빨개져서 대답했다.

"응, 그런데 이렇게 가다가 학교 친구라도 만나면……."

비두가 웃음을 터뜨렸다.

"다행히 오늘은 이곳에 정말 사람이 없구나. 미안, 잠깐 돌아보고 올게. 퓌리가 조바심을 내서."

비두는 숲 속으로 사라졌다가 한참 뒤에야 다시 나타났다. 비두의 명령에 따라 퓌리가 데릭 앞에 정확히 멈춰 섰다. 데릭이 보기에 그 암말은 자신에게 경멸의 눈초리를 던지는 것 같았다. 하지만 그것은 느낌일 뿐이었다. 비두가 말했다.

"내가 무슨 생각하는지 알아? 돈키호테와 산초 판자!"

데릭은 조금은 억지로 짧은 웃음을 보였다.

"좋아. 이제 돌아갈까?"

그들은 각자 농장을 향해 말 머리를 돌렸다. 조랑말을 탄

돈키호테와 미쳐 날뛰는 말을 탄 산초 판자.

농장에 돌아오자 여주인이 말했다.

"너희를 잠깐 지켜봤는데, 우스워 죽는 줄 알았어! 미안하다, 뤼도빅. 네 잘못은 아냐. 그래도 너희 둘을 보고 있자니 얼마나 우스운지."

"그래도 참 재미있었어."

농장을 나서며 비두가 강조했다.

데릭은 생각했다.

'너야 그렇겠지. 새해 첫날에는 집에서 편안하게 카드놀이를 하는 사람들도 있다고. 모험을 즐기는 생활이란 정말 나와 어울리지 않아.'

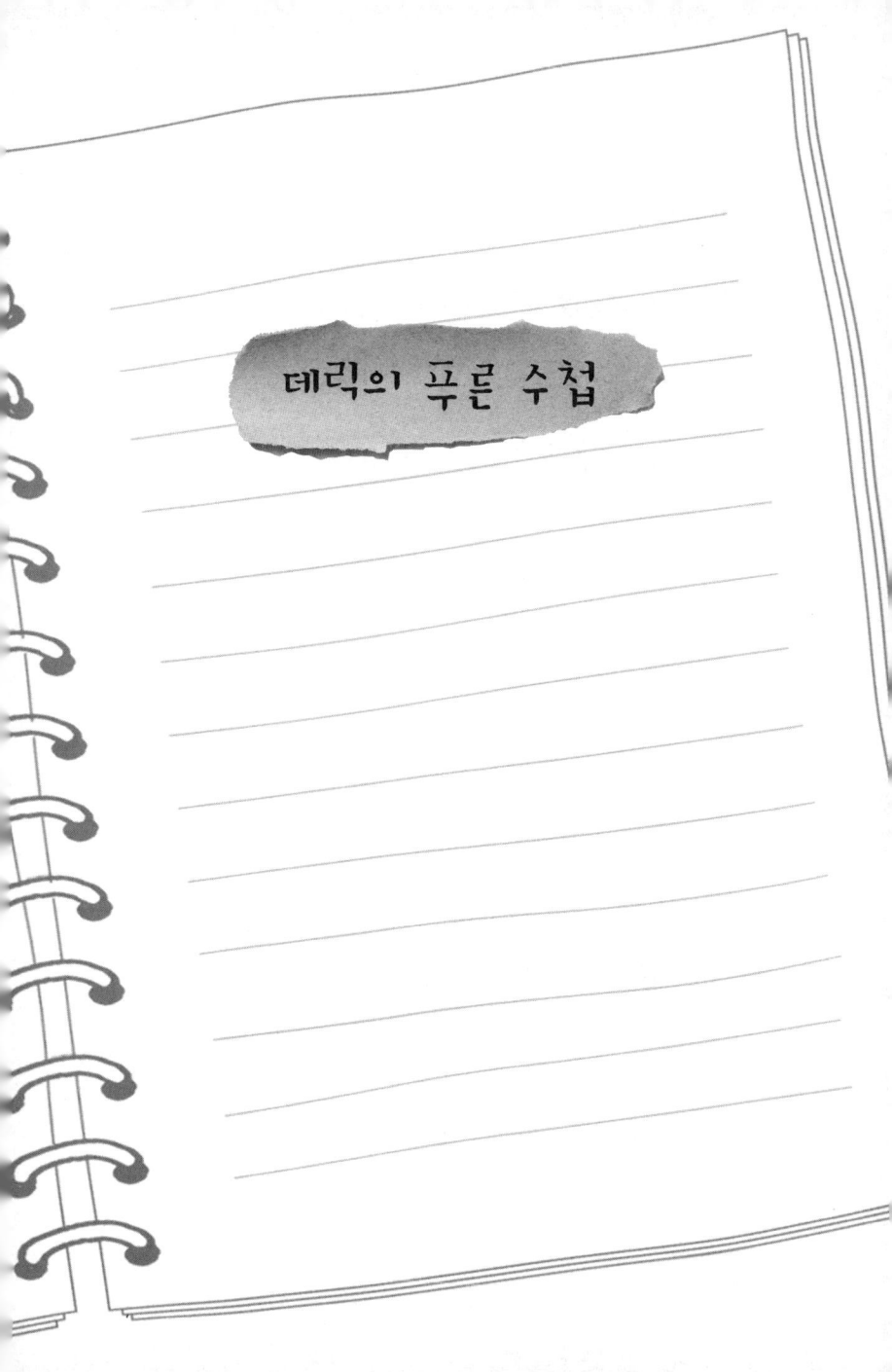

2011년 1월 6일

할 수 없지! 위험하긴 하지만 속마음을 털어놓고 싶어 죽을 지경이다. 그래서 일기를 쓰기로 결심했다. 이 작은 수첩은 뤼도빅이 가방에 만들어 놓은 이중 바닥에 숨겨 두고 있다. 뤼도빅이 무슨 목적으로 이중 바닥을 만들어 놓았는지는 잘 모르겠다. 하여튼 그 친구는 의문투성이여서······.

가끔씩은 너무 힘들다. 열등생인 나. 나는 중학교 이 학년 수업을 듣는다. 옆자리에 앉은 비두의 모든 것을 뻔뻔스럽게 베낀다. 비두는 내게 너무나 잘해 준다.

나는 사기꾼이다. 여기에서는 모든 사람들이 나를 로빈슨 크루소로 여긴다. 지긋지긋하다. 짜증, 짜증이 난다. 거짓말의 끈을 끌고 다니는 게 짜증이 난다. 저 무서운 다뤄 영감이 말한 것처럼 말이다. 사실 나는 다뤄 영감이 싫지는 않다.

내가 문제다. 내 주변엔 다 좋은 사람들만 있다. 나쁜 사람은 나 혼자다. 모든 사람들에게 해를 입히기 때문에 나는 나쁜 사람이다. 이 모든 일이 내가 허세를 부리면서 남의 관심을 끌고 싶어서 벌이는 일이다.

불효자인 나, 부모님을 근심 속에 내버려 둔 나! 엄마는 진짜로 걱정하기 시작했을 것이다. 그리고 내 나쁜 성적표에도 불구하고 아빠 역시 그럴 것이다. 게다가 내 형편없는 성적에 대해서는 벌써 잊어버렸을지도 모른다.

사실 나는 이제까지 벌어진 일을 돌이킬 엄두가 나지 않는다. 베르나르 가족에게 진실을 밝히는 것이 무섭다. 진짜 아빠에게 심하게 꾸중 들을 것도 무섭다. 그리고 특히, 있는 그대로의 모습을 모두에게 보여 주기가 무섭다.

마들렌 고모는 어떻게 생각할까? 잭도 의아해하기 시작했을 게 틀림없다. 도대체 나는 지금 얼마나 무분별한 짓을 하고 있는 걸까.

학교 선생님들이 공공연히 나를 봐주는 것도 창피하다. 분명히 미슐린 아줌마가 선생님들에게 너그럽게 이해해 달라고 간청했을 것이다. 이렇게 계속된다면 난 다시 일등이 될 것이다! 어이없는 일이다. 수업 중에 내가 질문할 때마다 선생님들은 경탄한다. 우스꽝스러운 일이다. 나는 그런 찬탄을 받을 자격이 정말 없다.

나는 비겁하다. 비두는 내 우정을 받기에 스스로가 부족하다고 확신한다. 그러나 사실상 나는 비두의 발꿈치에도 미치지 못한다. 그런데도 난 샤티용에 있을 때 학대받는 아이라고 생각했으니, 참. 병들고 늙은 아빠와 심술궂고 고약한 엄마를 모시고 살면서 비두가 참아 내는 모든 것을 볼 때면 내가 한심하다. 정말 그 친구는 행복한 상황이 아니면서도 그런 걸 가지고 이러쿵저러쿵하는 법이 없다. 그저 다른 사람들에게 기쁨을 줄 생각만 하는 친구다.

때때로 이런 상황이 오래 지속될 수 없다는 생각이 든다. 하지만 모든 게 밝혀지는 날이 다가오는 게 두렵다. 모두 나를 욕할 것이다. 그때는 진짜 어느 누구도 날 원하지 않을 것이다. 이런 상황에 빠질 줄이야. 아네트와 비두는 날 경멸할 것이고, 오귀스탱 아저씨와 미슐린 아줌마 역시 그럴 것이다. 클로드 형이 어떻게 말할지는 벌써부터 상상이 간다. 그러나 클로드 형은 별로 중요치 않다. 처음부터 날 짜증 나게 한 인물이니까.

내가 처한 슬픈 상황을 잊기 위해 나는 아침저녁으로 뤼도빅의 책에 빠져 지낸다. 비뉴에 머무르면서부터 공부를 하게 되었으니 정말 터무니없는 일이다. 어제는 쥘 베른의 『해저 2만 리』를 읽었다. 네모 선장이 아틀란티스를 발견했을 때 한 줄기 전율이 등줄기를 타고 흘러내렸다. 바로 그런 것이 모험이다.

『로빈슨 크루소』도 읽었다. 간혹 내가 로빈슨 크루소라는 착각이 든다. 하기야 난 소설을 읽을 때마다 소설 속 모든 주인공이 나라는 생각을 한다.

지은이 다니엘 디포는 정말 훌륭한 작가다. 영화만 좋아하던 내가 이렇게 책에 열광하게 될 줄이야! 하긴 모험에 대해 이야기하려면 참고 자료를 좀 조사해 둘 필요가 있기도 하고……

난 『로빈슨 크루소』에 푹 빠졌다. 놀라운 대목들에는 잘 기억해 두기 위해 표시를 했다. 일기를 쓰는 동안에는 그 책을 서랍장에 보관해 둔다. 소설의 한 대목이 계속 머리에 맴돈다. 로빈슨의 아버지가 로빈슨이 집 떠나는 것을 막아서며 말하는 대목이다.

"모험심 말고 아비의 집과 조국을 버리는 이유가 있느냐? 출세를 할 수도 있고, 기업을 세워 재산을 모아 편안하고 즐거운 삶을 누릴 수 있는 고향을 버리다니 말이다. 역경에 처한 사람들이나 야심가들만이 모험을 추구하여 평범하지 않은 방법을 통해 유명해지고자 하는 것이란다. 그런 것들은 네 능력을 훨씬 뛰어넘는 일이거나 아니면 훨씬 못 미치는 일이다. 지금 너의 신분은 중간 정도라고 할 수 있단다. 혹은 하층사회의 제일 신분이라고 할 수 있지⋯⋯."

좀 더 뒤로 가면 로빈슨의 아버지가 로빈슨에게 다음과 같이 말하는 장면이 나온다.

"이 점을 잘 새겨 두어라. 앞으로도 네가 항상 확인하게 될 사실이다. 인생에 있어서의 불행은 상류층이든 하류층이든 인류가 공통으로 나누어 가지는 것이란다. 그런데 그 중간에 있는 계층이 재난을 가장 덜 겪게 되며, 영고성쇠에 노출되는 정도도 상류층이나 하류층보다 적은 법이다. 심지어 정신적이거나 육체적인 고통도 그 두 계층보다 덜 받는단다."

맞는 말이긴 하다. 그래도 로빈슨이 집을 떠나는 걸 막지 못했다. 왜냐하면 나이 먹은 어른들은 절대로 인정하지 않는, 인생이란 스스로 배워야 하는 것이란 사실 때문이다.

2011년 1월 10일

하마터면 탄로가 날 뻔했다. 우리 반에 이상한 녀석이 하나 있다. 케빈이라는 허풍쟁이다. 아주 못생기기까지 했다. 그런데 그 녀석이 줄기차게 날 감시한다. 은밀히 엿보면서 내가 실수하기만을 노리는 것 같다.

예를 들면, 아침에 내가 등교하면 내 곁으로 달려온다. 밤새도록 나에 대해서 생각했던 것처럼 말이다. 그러고는 배에 대해, 바다에 대해, 그리고 기타 등등에 대해 온갖 성가신 질문을 퍼붓는다.

그 자식 때문에 학교생활이 악몽으로 변했다.

어제는 아주 거만한 표정으로 나타나서는 코앞에 얼굴을 불쑥 들이대며 물었다.

"뱃사람 뤼도빅, 말해 봐. 뒷 돛대란 게 뭐지?"

나는 냉정한 얼굴로 그냥 무시했다.

"왜 그걸 나한테 물어? 네가 더 잘 알고 있는 거 같은데?"

"그래도 나보다 네가 훨씬 더 잘 알겠지. 배에서 몇 달 동안 지냈다니까 말이야. 그러니 뒷 돛대가 뭔지 설명해 봐."

그때 비두가 끼어들었다. 비두는 언제나 내 뒤를 따라다니며 나를 보호해 주는 수호천사다. 비두가 케빈에게 말했다.

"뤼도 좀 가만히 놔두면 안 되니? 그런 얘기는 하고 싶어 하지 않는다는 걸 잘 알잖아!"

그러고는 조금 떨어져서 나한테 들리지 않도록 목소리를 잔뜩 낮추며 덧붙였다.

"조용히 해, 이 멍청아. 뤼도가 또 떠나고 싶어 하면 어쩌려고 그래!"

케빈이란 녀석은 아무리 좋게 봐주려고 해도 그럴 수가 없다. 그 녀석은 교활하고 위선적이면서도 상당히 영리하다. 게다가 부모님이 모두 선생님이라서 집에 책이 엄청 많다. 그 녀석은 분명히 나를 의심하고 있다. 또 나를 질투하고 있다. 하긴 그럴 만도 하다. 어제만 해도 그렇다. 수학 시간에 선생님이 질문했을 때 난 완전히 헤맸다. 다행히 비두가 옆에서 답을 살짝살짝 불러 주었다. 선생님도 다 아는 눈치였지만 모르는 척했다. 결국 난 이십 점 만점에 십사 점을 받았다. 거기에다 칭찬까지 들었다.

"밀린 공부를 따라잡느라 열심히 한 흔적이 보이는구나. 뤼도빅 베르나르, 칭찬받을 만하다. 필기도 잘해 놓았고 말이야. 이렇게만 계속해 주면 좋겠다. 잘했어!"

나는 얼굴이 새빨개져서 자리에 앉았다. 그러나 그 사건으로 놀란 사람은 아무도 없었다. 그처럼 불공평한 편애 때문에 놀라는 사람이 나 외에 있었을지 의문이다.

아! 케빈을 잊고 있었다. 그 녀석의 빈정거리는 듯한 시선과 마주쳤다. 그 치사한 녀석은 감탄했다는 듯이 입을 삐죽

거리면서 엄지손가락을 들어 보이기까지 했다.

'와, 정말 놀라운데!' 라고 말하는 듯했다. 난 고개를 돌렸다. 그 녀석이 놀리는 것도 이젠 지긋지긋하다.

나는 그 녀석의 도발에 넘어가지 않기로 결심했다. 그것이야말로 그 녀석이 노리는 바니까 말이다. 그러자니 내 처지가 약간 위험해졌다.

그것 말고는 모든 것이 잘되어 간다. 세상 사람들을 깜짝 놀라게 하는 것만큼이나 속이는 것도 쉽다.

마음이 울적해질 때마다, 쓰러질 것 같을 때마다 난 아네트나 비두를 생각하면서 입을 다무는 편을 선택했다.

아네트는 종종 쉬는 시간에 내게 신호를 보낸다. 아네트는 황홀한 얼굴로 친구들과 같이 복도에 있다. 친구들에게 과장을 섞어 가며 내 자랑을 하고 있는 것이 분명하다. 아네트의 친구들이 내가 지나갈 때 서로 팔꿈치로 찌르는 것을 보면 그렇다. 아네트는 그 여자아이들 중에서 단연 예쁘고 착하다. 다른 여자아이들은 못생긴 데에다 온종일 서로 팔짱을 끼고 붙어 다니면서 수다를 떨거나 소녀잡지를 읽는다. 그러다가 기회만 있으면 별일도 아닌데 까르르 웃는다. 사춘기라서 그런가. 하여튼 맘에 안 들어!

2011년 1월 15일

적신호! 오늘 아침, 스쿨버스를 타고 가는 동안 비두가 일요일에 농장에 다시 가서 퓌리와 허리케인을 타 보자고 제안했다. 비두는 승마를 정말 좋아하나 보다. 물론 거짓말쟁이인 나는 그 생각에 흥분한 척했다. 그러자 비두는 내게 말라리아 발작을 일으킬까 봐 걱정되지 않느냐고 물었다. 나는 용감한 사람처럼 씩 웃으며 그보다 더한 일도 겪은 몸이라고 대답했다.

좋아. 일요일까지 어떻게든 적당한 핑곗거리를 찾아야만 한다. 하지만 어떻게? 내 상상력은 고갈된 샘물처럼 메말라 가는 중이다. 일생 동안 할 거짓말을 벌써 다 해 버린 것 같은 느낌이다. 장차 내가 회고록을 쓴다면 그 제목은 『거짓말들』일 것이다.

한 가지 생각이 방금 떠올랐다. 어디에선가 떨어져 다치는 시늉을 한다면? 그러면 허리케인의 등에서 내동댕이쳐져 짓밟히는 것을 피할 수 있을 것이다.

자습 감독 선생님이 이상한 눈으로 날 바라보고 있다. 압수되기 전에 빨리 수첩을 집어넣어야겠다. 이곳에서는 개인 수첩도 압수되곤 한다.

그나저나 모든 사람들이 내가 새로운 모험을 준비하고 있다고 확신한다. 아네트 친구들이 나에 대해 떠도는 그런 어리석은 소문을 믿는 것도 놀라운 일은 아니다.

2011년 1월 18일

작전 성공! 사람들이 다 보는 장소에서 훌륭하게 상처를 입었다. 이렇게 해서 다시 한 번 영웅 행세를 할 수 있게 되었다.

어떤 작전이었는지 설명하면 이렇다. 오늘 아침, 스쿨버스에서 내리면서 꾸물거려 비두와 함께 뒤에 처졌다. 계획적으로 그렇게 한 것이다. 학교에 도착하니 당연히 교문이 닫혀 있었다. 내가 말했다.

"괜찮아. 저기 열린 창문으로 몰래 들어가면 돼."

그러자 비두가 얼굴이 약간 창백해져서 말했다.

"그러고 싶진 않은데. 바지가 찢어지거나 다치면 엄마가 가만두지 않을 거야."

"걱정 마. 내가 다 할게. 혼자 넘어갔다가 다시 와서 교문을 열어 줄게."

　나는 열린 창문에 닿을 수 있도록 오토바이 위에 자전거를 쌓아 올렸다. 비두가 잡고 있는 동안 내가 기어 올라가기로 했다.

　내가 가진 유일한 장점은 유연함이다. 사다리 타기는 언제나 내가 최고였다.

　높이 올라간 나는 균형을 잃은 시늉을 하며 비명을 지르면서 벽을 붙잡고 있던 손을 놓았다. 가엾은 비두는 정말 겁이 난 모양이었다. 자전거가 굴러 떨어졌다. 나도 함께였다. 그러나 난 다치지 않게 잘 떨어졌다.

　선생님 한 분이 달려 나왔다. 그러고는 왜 이렇게 무분별한 행동을 하냐고 소리쳤다.

　결국 비두와 나는 학생주임인 르쉬코 선생님에게 끌려갔다. 비두는 고개를 푹 숙였고, 나는 팔목을 부여잡고 앓는 소리를 내기 시작했다. 르쉬코 선생님이 말했다.

　"정말 바보 같은 짓을 했구나. 부모님들께 알려야겠다."

　비두는 창백해졌지만 잠자코 있었다. 그때 나는 신음하면서도 조용히 르쉬코 선생님에게 친구는 면제해 달라고 간청했다. 모든 게 내 잘못이며, 내가 끌어들인 거라고 말했다.

르쉬코 선생님은 비두를 처벌하지 않고 교실로 돌아가도록 허락했다. 그리고 나는 양호실에 가서 치료를 받도록 했다. 선생님은 일부러 눈빛을 엄하게 하려 했지만 나는 선생님이 어떤 감탄을 감추고 있음을 잘 느낄 수 있었다.

"뤼도빅 베르나르, 왜 이렇게 생각이 없니? 정말 무모한 녀석."

그러면서도 자리를 뜨면서 슬쩍 한마디했다.

"그래도 멋진 녀석이군, 훌륭한 우정이야."

또다시 모든 영예가 내 차지였다. 꿈꾸는 것 같았지만 일이 그렇게 됐다.

양호 선생님은 나를 병원으로 보내 엑스레이를 찍도록 했다. 당연히 아무런 이상이 없었다. 그러나 돌아오는 길에 나는 붕대를 사서 팔에 동여맸다.

케빈은 악의에 찬 눈길로 나를 쏘아보았다. 새로운 사건으로 내게 더욱 질투심을 느낀 것이다. 비두는 처벌을 면하게 해 준 데 대해 고마워했다. 비두는 내가 자신을 황당한 상황에 애써 끌어넣었다는 것을 알지 못한다. 조만간 내가 비두의 답안지를 베껴 쓰고 있다는 것도 걸릴 텐데……. 그래도 경고를 받을 사람은 비두일 것임이 분명하다. 불행이 닥쳐오고 있지만 비두는 아무것도 모르고 있다.

하지만 난 정말 비두를 좋아한다. 언젠가 비두가 진실을 알게 되리라는 생각만 하면 나는 절망감에 휩싸인다.

어쨌든 '그들은' 모든 걸 알게 될 것이다. 그건 분명한 사실이다. 내가 지금 벌이고 있는 장난질은 그저 시간을 버는 것에 불과하다. 일생 동안 이렇게 살 수는 없는 노릇이다. 그리고 진짜 뤼도빅도 결국에는 고향에 돌아올 것이다.

그런데 진짜 뤼도빅은 지금 어디 있는 것일까?

하여튼 말타기를 모면한 건 확실하다. 휴.

2011년 1월 22일

일요일, 비두를 슬프게 하지 않기 위해 나는 비두와 함께 농장에 갔다. 붕대는 잘 조여 두었다.

내가 붕대를 감고 나타난 것이 베르나르 집안에서는 일대 사건이었다. 가족들은 여기저기에서 '불쌍한 뤼도', '무모한 녀석'이라고 했다. 당연한 일이었다.

미슐린 아줌마는 의사가 뭐라고 했는지, 오랫동안 붕대를 하고 있어야 하는지 물었다.

나는 참을성 많은 소년인 척하면서 이 주일 후에 다시 진찰을 받아야 한다고 대답했다. 탁구 대회에도 대비해야 했기 때문이다.

얼마 전에 뤼도빅 앞으로 탁구 대회 참가 신청서가 왔다. 곧장 없애 버리긴 했지만 그런 모든 것이 나를 아주 피곤하게 만든다.

비두는 퓌리를 타고 내달렸다. 그러는 동안 나는 파푸유와 함께 있었다. 그 작은 새끼 돼지가 나를 향해 달려오는 것이 퍽 마음에 들었다.

그 녀석은 배를 드러내고 누워서는 간질여 주기를 기다린다. 파푸유는 진짜 깨끗하다. 보통 사람들이 돼지에 관해 이야기하는 것들을 이해할 수가 없다. 그건 일종의 명예훼손이다. 물론 그 녀석들을 더러운 우리에서 뒹굴게 내버려 둔다면 역겨운 존재가 될 것이다. 하지만 나나 다른 사람들도 그런 식으로 취급받으면 마찬가지가 될 것이다. 사실이 그렇다.

파푸유는 정이 아주 많은 녀석이다. 게다가 말끔하다. 농장의 주인인 미슐레 아줌마가 파푸유를 좋아해서 날마다 깨끗하게 씻겨 주고 정성껏 돌봐 주기 때문이다. 그런 점이 아줌마 남편을 짜증 나게 만든다. 아저씨는 아줌마에게 그 괴

벽의 대가를 톡톡히 치르게 될 거라고 말한다. 애초에 파푸유는 잡아먹으려고 키운 것이기 때문이다.

미슐린 아줌마는 앞으로도 파푸유에게 지금처럼 할 거고 누군가 파푸유에게 손을 대면 우울증에 걸릴지도 모른다고 말했다. 나아가 파푸유가 죽는 날에는 묘비까지 세워 줄 것이라고 말했다. 나는 아줌마 의견에 찬성한다. 가축이라고 해서 잘 대해 주지 말라는 법이 없기 때문이다.

훗날 나는 신사적인 농장주가 되지 않을까. 농토를 마련해서 가축들을 키우게 될지도 모른다. 그저 키우는 즐거움을 위해, 가축들을 위해 키우는 것이다. 이런 생각을 하다 보면 그런 삶을 살기 위해서는 지금 나에게 가능한 것 이상으로 재산이 훨씬 더 많아야 한다.

나는 지금 그런 재산을 마련할 수단을 생각하고 있다. 여러 가지 방법이 있다. 첫째는 부유한 농장 여주인과 결혼하는 것이다. 그러나 내가 모은 정보에 따르면 요즘 같은 시대에 부유한 농장 여주인을 발견하기란 매우 어렵다. 그리고 내가 그 여인을 사랑해야 한다는 점도 있다. 나는 단지 부유하다는 이유만으로 결혼해서 애정 없는 결혼 생활을 하지는 않을 것이다. 그것은 좋은 일이 아닐 뿐더러 우울증에 걸릴 위험도 있기 때문이다.

둘째는 파란만장한 일생 때문에 내게 존재를 숨겨 온 독신 삼촌에게 뜻밖의 유산을 물려받는 것이다. 삼촌은 카지노 아니면 그와 비슷한 사업체로 엄청난 수입을 벌어들이는 사장이어야 한다. 그렇게 엄청난 부자라면 유산을 물려줄 사내아이를 갖는 것이 소원인 법이다. 그 대목에서 그가 나를 찾기 어려우리라는 점을 깨달았다. 진짜 그런 경우라면 지금 당장 집으로 돌아가는 편이 낫겠지.

추첨에 뽑혀 돈을 버는 가능성도 있다. 나는 모든 종류의 텔레비전 방송을 보았다. 죽을 때까지 넉넉한 일생을 보장해 줄 만큼 엄청난 금액의 돈을 로또나 주택복권 당첨자가 받는 모습이 방송되었다. 하지만 이런 방법은 왠지 마음에 와 닿지 않는다. 대개 당첨자들은 카메라 앞에서 울음을 터뜨리는 것으로 시작하기 때문이다. 그러고는 몸을 뒤틀며 코와 입을 벌름거리고, 마른기침을 뱉으며 "아, 나에게 이런 일이! 아, 어떻게!" 같은 식의 어리석은 말들을 늘어놓는다. 그리고 어린애처럼 눈물을 펑펑 쏟으며 풀썩 주저앉는다. 부끄러운 일이다. 나는 사람들 앞에서 구경거리가 되고 싶지는 않다. 더군다나 세상 사람들 모두가 내가 얼마를 받는지 정확히 알게 될 텐데. 그러면 진짜 생지옥이다. 돈을 꾸려는 세상의 모든 사람들이 집에 찾아오기 시작할 것이고, 그들에게 줄 돈이 없다는 것을 설명하기란 어려운 일일 것이다. 대체로 모든 사람들, 거의 모든 사람들이 내가 가진 엄청난 재산을 부러워할 것이고, 그 재산 때문에만 나를 찾을 것이다.

다 끝난 것이 아니다. 그런 불행한 행운아들 중에는 완전히 바보가 된 사람도 있다. 미쳐 날뛰는 광인처럼 창문 너머로 돈을 던져 버린 사람이 있었다.

또 어떤 사람은 여기에서는 캐딜락 세 대를 사고, 저기에서는 지중해식 별장 두 채를 산다. 그리고 사기를 당해 파산하게 된다. 추락의 절정은 텔레비전에 출연해서 그런 이야기들을 말하는 것이다. 어떤 과정으로 재산을 탕진했는지 떠벌린다는 것, 고맙지만 사양하겠다. 그런 건 별로 내키지 않는다. 그런 방법으로 부자가 된다는 건 아무리 생각해도 나와는 어울리지 않는다.

방금 좋은 생각이 떠올랐다. 크나큰 재능을 가진 예술가나 유명한 사진작가가 된다면?

유명한 사진작가가 된다는 건 좋은 계획 같다. 항상 인기 있는 모델들과 일할 수 있으니까. 게다가 모델들이 작가를 좋아할 테니 말이다.

위대한 사진작가는 벌거벗은 톱 모델들을 보는 것만으로도 왕자처럼 돈을 번다. 그리 어려운 일도 아닌 것 같다. 좋은 생각 같다.

사진기를 사서 패션쇼마다 찾아다니며 으스대고 나면 농장과 새끼 돼지들을 마련할 수 있을 것이다. 이번에는 내 천직을 잘 찾은 것 같다. 유일한 문제라면 내 생각이 자주 바뀐다는 것뿐.

이제 그만 써야겠다. 학교 공부를 해야 하니까. 또 쿠르트퀴스 자습 감독 선생님도 조심해야 하고('거세된 자'라는 뜻의 이름 때문인지 성질까지 완전히 괴팍하다). 쿠르트퀴스라는 성씨가 있다니……. 참 운이 없는 사람이다.

2011년 1월 24일

드디어 케빈과 싸웠다. 그 녀석이 슬슬 나를 화나게 했다. 괴상한 별명을 만들어 내게 붙이는 게 아주 버릇이 되었다. 그 녀석은 밤새도록 치사한 말이나 꿍꿍이가 있는 질문들을 생각해 놓았다가 다음 날 내게 퍼붓는 것 같다.

하지만 진짜 이상한 것은 항상 나를 괴롭히면서도 내가 뤼도빅이 아니라는 사실 자체는 알아차리지 못한다는 점이다. 지금으로서는 그것이 모든 사람들이 놓치고 있는 사실이다. 물론 다뤼 영감은 빼고 말이다. 다뤼 영감이라……

하여튼 그 멍청이 케빈 녀석의 얼굴에 한 방 먹여 주었다. 붕대를 감지 않은 손으로 말이다. 그 뒤에 모든 사람들이 그 녀석을 야단쳤다. 다친 사람과 싸웠다고 말이다.

그건 그렇고, 이제 슬슬 팔에 붕대를 감고 있는 것이 짜증스러워졌다. 연극을 그만 끝냈으면 좋겠다. 베르나르 가족에게 걱정거리가 되는 만큼 더욱 그렇다.

지난밤 꿈에는 엄마를 보았다. 엄마를 다시 볼 수 있어서 정말 기뻤다. 꿈에서 깨자 나란 존재가 정말 우스꽝스럽게 느껴졌다. 붕대 감은 팔도 그렇고, 뤼도빅 흉내를 내며 쓴 글씨도 그렇고, 중학교 이 학년 공부도 그렇고, 전부 다 그랬다. 지금의 나, 뤼도빅이라는 엉뚱한 존재로 다시 돌아온다는 것이 문득 불행하다는 생각이 들었다.

며칠 전부터 야릇한 느낌이 들긴 했다. 어떤 예감과도 같은 것이다. 아마도 이 자연의 고요함이, 이 녹아내리는 눈이 나로 하여금 많은 생각을 하게 만드는 것 같다.

2011년 1월 25일

  나는 정말로 위험을 즐기는 성격인가 보다. 일기를 쓴다는 생각만 해도 그렇다! 이런 상황에서 말이다! 일기장을 감춰 보았자 소용없다. 쿠르트퀴스 자습 감독 선생님부터 시작해서 케빈에 이르기까지 모든 사람들이 일기에 대해 알고 있을 것이다.
  내가 일기 쓰는 걸 목격한 비두 역시 그렇다. 그리고 아네트도 알고 있을지 모른다. 하지만 확신하건대 아네트는 내 일기를 감히 읽지는 못할 것이다.
  어제 나는 엄청난 공포를 경험했다. 저녁 먹은 뒤에 방에 도착해 보니 커다란 아스파라거스 같은 모습의 폴 형이 내 가방에 머리를 처박고 있었다. 지금 휴가 중인 폴 형은 내 가방 속의 소지품을 죄다 방바닥에 끄집어내 놓았다. 내 푸른 수첩까지 말이다. 아, 야만인. 다행히 푸른 수첩에는 관심이 없어 보였다. 그래도 나는 완전히 겁에 질려 소리 질렀다.
  "아, 뭐하는 거야! 내 물건을 다 꺼내 놓고!"
  "아무것도 아니야. 스카치테이프 좀 찾고 있어."
  나는 그런 얼간이 같은 대답에 안도의 한숨을 내쉬었다.

"그냥 나한테 달라고 하면 되잖아."

나는 폴 형에게 테이프를 건네주었다. 책상 위 빤히 보이는 자리에 있었던 것이다. 갑자기 형이 놀리기 시작했다.

"비밀이 있구나? 형한테도 감추는 거야?"

"천만에, 어질러 놓는 게 싫어서 그럴 뿐이야."

나는 급히 가방을 정리했다. 특히 푸른 수첩은 깊숙이 넣어 두었다.

"연애편지를 숨기는 거냐? 뭐야, 연애하는구나?"

폴 형은 계속 귀찮게 굴었다.

"말도 안 돼. 날 좀 가만 놔두라고."

폴 형의 표정이 진지해졌다. 폴 형은 그 커다란 군인의 팔로 날 벽에 밀어붙였다.

"말해 봐, 뤼도. 시시껄렁한 연애 이야기라면 상관없어. 하지만 혹시라도 네가 또다시 우리에게 알리지 않고 도망칠 준비를 하고 있다면 정말 재미없을 줄 알아."

"그게 아니라니까. 아니라고. 이거 놔."

나는 폴 형을 제지하려고 애썼지만 어쩔 수가 없었다.

"무분별한 행동이란 언제든지 다시 튀어나올 수 있기 때문이지. 엄마와 아네트를 생각해 봐. 네가 바다에서 실없는 짓을 하는 동안 얼마나 비참한 상태였는지 알기나 해? 그러니까 다시 그럴 생각은 꿈도 꾸지 마. 그렇지 않으면……."

폴 형은 엄청난 대가를 치를 것이라는 투로 위협했다. 그러고는 턱을 죽 내밀며 말했다.

"돌아온 탕아를 모두가 환영해 주는 건 딱 한 번뿐이야. 다음번에는 청소년 감화원으로 가야 할걸."

"약속할게, 형……."

폴 형은 방금 자기가 한 충고에 기분이 좋아져서 내 말이 채 끝나기도 전에 가 버렸다. 나는 내 친형이 아니라서 다행이라고 생각했다. 항상 동생을 위협하고, 놀리고, 완력으로 밀어붙이고, 고자질하고, 우스꽝스럽게 만드는 형이란! 적어도 다른 식구들은 나를 가만히 내버려 두었다. 또 친구들은 내가 만나고 싶을 때만 만나면 된다. 갑자기 잭 생각이 나서 목이 메었다.

클로드 형과 형수에 대해서는 말하지 않으련다. 그들은 항상 잘난 척하며, 뽐내는 말을 입에 달고 사는 거만한 면이 있다. 클로드 형은 나보다 나이가 많다는 점을 내세워 자기가 끊임없이 나를 비판할 수 있는, 절대적으로 우월한 존재인 것처럼 행동한다. 도대체 자기가 누구쯤 된다고 생각하는 걸까? 교황님이라도 되는 것으로 아는 걸까? 클로드 형은 지적인 면에서 자기가 나보다 앞선다는 확신이 강한 나머지 진실을 똑바로 바라보는 것을 잊곤 한다. 뭐라고! 내 모험담에서 놀랍거나 충격적인 것이 하나도 없다고! 하지만 그렇게 통찰력이 뛰어나다는 클로드 형도 내가 진짜 자기 동생과 취향이나 태도 면에서 얼마나 다른지 알아차리지 못했다.

사실 비뉴에 머무르면서부터 나는 운동에 관해서 아주 소심한 면모만을 보였다. 조랑말을 십 분간 타면서도 바짝 굳었고 탁구 대회에는 꾀병을 부렸다. 그리고 뤼도빅이 여러 방면에 박식한 사람임에 비해 나는 필독서들조차 요리조리 회피하며 읽지 않았다. 지금 나는 뤼도빅이 열 살 때 읽은 책들을 탐독하고 있다.

비교 목록을 계속 작성하자면 끝이 없을 듯하다. 나는 동물에 대해서는 전혀 모른다. 또한 내 학업성적은 성적이 중상 정도인 비두의 답안지를 악착같이 베꼈음에도 불구하고 뤼도빅에 비해 형편없다.

요컨대 천재 뤼도빅이 열등생으로 변했는데도 현명한 클로드 형이 알아차리지 못한 것이다. 아닌 게 아니라 이 집 식구들 모두 알아차리지 못하고 있다.

물론 아네트와 아저씨, 아줌마에 대해서는 훨씬 너그러운 평가를 해야겠지. 그들은 뤼도빅을 완전히 잃어버릴까 두려운 나머지 나의 모든 약점들에 눈을 감는 것 같다. 비두는 '사랑은 맹목적'이라는 격언을 생각나게 한다. 뤼도빅에 대한 감탄으로 얼이 빠져 있기 때문에 최고의 친구가 순식간에 형편없는 존재로 변했다는 사실을 잊고 있는 것이다. 내가 하는 모든 일이 비두의 눈에는 선하고 옳게 보인다. 비두는 내가 자기 답안지를 베낀다는 사실 자체만으로도 흐뭇해한다.

일기를 쓰다 보니 곰곰이 생각하는 버릇이 생겼고, 바보 같은 말이긴 하지만 글 쓰는 버릇도 생겼다. 아마도 나를 위해서, 내 생각의 균형을 위해서 좋은 일일 것이다. 가끔씩 상상력과 생각이 과도하게 넘치는 경향이 있는데 일기를 씀으로써 가다듬을 수 있기 때문이다.

뤼도빅과의 끊임없는 비교와 내가 자격도 없이 누리고 있는 이 모든 애정 때문에 내가 형편없다는 사실을 깨닫게 된 지금, 나는 인생에서 조금씩 전진하기 시작했다.

나도 어떻게 된 일인지는 잘 모르지만, 이번 주에는 데프레 선생님이 내 준 국어 숙제를 누구의 것도 베끼지 않고 나 스스로 작문하여 좋은 점수를 받았다. 선생님이 내가 쓴 글을 수업 시간에 읽어 줬는데, 반 친구들 모두 좋다고 했다. 케빈의 뿌루퉁한 얼굴이 눈에 확 뜨일 정도로 내 작문은 괜찮은 것 같았다.

작문의 주제는 '모험에 대한 갈증'이었다. 『오디세이아』를 배우는 중이었기 때문에 그렇게 정해진 것이다. 몇몇 아이들이 나를 흘깃거리는 것이 느껴졌다. 뒤쪽의 아이들은 나를 뚫어지게 주시했다. 내 목이 다 뻐근할 정도였다.

하지만 그런 수에 넘어가 그들이 듣고 싶어 하는 얘기를 죄다 꾸며 낼 필요는 없다고 생각했다. 그건 그냥 작문 숙제일 뿐이었다. 비두가 내게 뭔가 물어보려 했지만, 이내 얼굴을 붉히더니 생각을 바꾸었는지 입을 다물었다. 구상을 하는 동안 나는 비두가 연습장에 세계 일주를 떠나는 어린 고아의 이야기를 쓰는 것을 보았다.

나는 오랫동안 망설인 끝에 파리의 변두리 지역을 배경으로 한 이야기를 쓰기로 결심했다. 나는 포플러 마을이라고 이름 붙인 한 아파트 단지의 침울함에 대해 묘사했다. 스쿠터를 타고 이리저리 몰려다니는 권태로운 소년들의 이야기였다.

보수도 충분하지 않은 작은 일자리에서 벗어나겠다는 것

말고는 다른 희망이 없으며, 실업수당을 몇 년 동안 받는다는 것 외에는 장래가 불투명한 인물들이었다. 나는 나와 비슷한 부류의 고독한 소년을 묘사했다. 소년의 유일한 기분 전환 방법은 텔레비전에서 오래된 서부영화를 보면서 스스로 주인공이 된 것처럼 상상하는 것이다. 소년은 네바다주의 황량한 사막에서 석양을 받으며 말을 타고 하모니카를 부는 꿈을 꾼다. 그러나 꿈에서 깨어나면 우울함이 다시 몰려오고, 자신의 방이 마치 감옥처럼 느껴진다.

그런 공간에서 질식하지 않기 위해, 그리고 한 사람의 성인이 되기 위해 그는 정처 없이 떠나기로 작정한다. 어느 날 새벽, 그는 부모님에게 한 통의 편지를 남기고 목적지도 없이 무작정 기차를 탄다. 그는 텅 빈 기차의 차창 너머로 해가 뜨는 것을 본다. 그리고 줄지어 지나가는 풍경을 바라보며 전날 밤에 사 둔 하모니카를 꺼내어 부드럽게 분다…….

나는 다음과 같은 문장으로 글을 마무리 지었다.

'갑자기 세상이 그에게 약속처럼 느껴졌다.'

처음으로 나는 나 자신에게 그리 불만스럽지 않았다. 데프레 선생님은 내 작문이 아주 훌륭하다고 했다. 선생님은 내가 체험해 보지도 않은 대도시 변두리 아파트촌의 생활을 정확하게 묘사했다고 평가했다. 그리고 상상력이 가장 멋진 여행을 할 수 있도록 해 주며 다른 것들도 할 수 있게 한다고 했다. 작문을 돌려주면서 선생님은 "이렇게만 계속한다면 작가도 될 수 있어."라고 말했다. 선생님이 옳은지는 잘 모르겠다. 왜냐하면 지금 내 머릿속에 계속 떠오르는 생각만으로도 머리가 곧 폭발할 것 같기 때문이다.

데프레 선생님이 알지 못하는 것, 그것은 그 이야기에서 내가 꾸며 낸 것이 전혀 없다는 사실이다. 그렇지만 모든 걸 다 꾸며 내지 않는다 해도 나는 작가가 될 수 있을 것 같다.

그건 그렇고, 이제 자야겠다. 일기 쓰느라 밤이 너무 깊어졌다. 아네트는 한참 전에 잠들었다. 흥분을 가라앉히기 위해 내가 작가가 될 거라는 생각은 그만해야겠다.

2011년 1월 29일

의문 하나가 계속 나를 따라다닌다. 다른 사람의 일에 어느 정도까지 개입할 수 있을까?

오늘 나는 큰 충격을 받아 가슴이 터질 듯했다. 체육 시간이 막 끝났을 때였다. 비두와 이야기를 하면서 옷을 갈아입는데 한순간 고개를 돌리다가 비두의 등과 팔이 퍼렇게 멍으로 뒤덮여 있는 것을 보았다. 나는 멍청하게도 이렇게 묻고 말았다.

"왜 이런 거야?"

비두는 서둘러 윗도리를 입고는 얼굴이 새빨개진 채 빙판에서 넘어져 그렇다고 대답했다. 나는 비두가 거짓말하고 있다는 것을 단번에 눈치챘다. 비두네 엄마, 그 심술궂은 마녀의 짓이 틀림없었다. 비두 아빠의 일로 아들에게 화풀이하는 것이었다. 또한 비두 엄마가 술을 마시기 때문이기도 할 것이다. 예전에 미슐린 아줌마와 아네트가 목소리를 낮춰 가며 그런 말을 꺼낸 적이 있지만 그때는 완전히 이해하지 못했다. 그리고 다들 내가 이미 알고 있는 사실이라고 생각했기 때문에 감히 질문할 수도 없었다.

비두 때문에 울적해졌다. 비두를 위해 내가 무슨 일을 할 수 있을까? 아네트에게 말해 봤지만 별 소용없는 대답만 돌아올 뿐이었다.

"오빠도 알잖아. 비두 오빠는 다른 사람이 자기를 엄마 손아귀에서 구출해 준다고 해도 원치 않아. 그게 다 불쌍한 자기 아빠를 생각하기 때문이지 뭐. 아저씨에게는 비두 오빠가 꼭 필요하거든. 정말 비두 오빠는 헌신적으로 아빠를 돌보는 것 같아."

그래도 그건 사는 게 아니다. 그리고 저 뤼도빅이라는 녀석은 그런 친구를 내팽개쳤다. 게다가 비두에게 한가롭게 카드 한두 장 보내면서 '나는 지금 흥미진진한 삶을 살고 있어. 너는 어떻게 지내니?' 라는 식으로 적어 놓은 녀석이라니. 그런 뤼도빅은 정말 맘에 들지 않는다.

오귀스탱 아저씨와 미슐린 아줌마는 내가 돌아온 뒤부터 천사가 되었다고 누구에게나 말한다. 당연한 일이다. 뤼도빅은 모든 점을 다 갖췄지만, 단 하나 따뜻한 마음만은 갖지 못했기 때문이다.

생각을 어느 쪽으로 진행해야 할지 이젠 모르겠다. 나 역시 잘 생각해 보면 결점이 많다. 시간이 지나면 지날수록 결점은 더 많아진다. 거짓말투성이의 삶을 살고 있고 아들로서도 불효자가 되었다. 비두가 견뎌 내는 그 모든 일을 보면 내 성적표를 본 아빠가 화를 낸 것도 그렇게 심한 일은 아니었다는 생각이 든다. 아빠가 따귀를 때렸어도 말이다. 비두는 공부도 잘하고, 굉장히 친절한 데다, 집에서 온갖 일을 도맡아 한다. 그러면서도 그에 대한 보상은 엄마에게 매 맞는 것이다. 너무 부당한 일이다. 거기에다 얼마 전에 안 사실이지만 휴가란 것도 가져 본 적이 없었다. 파리조차 한 번도 가 보지 못했다. 비두의 꿈은 파리에 가 보는 것이다.

2011년 2월 1일

결국 붕대를 풀고 말았다. 무척 거북하기도 하고, 팔도 부어올랐기 때문이다. 이제는 재활 기간이라는 핑계를 꾸며 내서 이용하고 있다. 그래야 나를 가만 놔두는 기간이 조금이라도 연장될 테니까.

이게 아니라도 요즘 날씨가 여기 사람들이 말하는 것처럼 돌이 얼어붙어 깨질 정도로 춥기 때문에 말을 탄다는 건 있을 수 없는 일이다.

오늘은 선생님들의 파업으로 일찍 수업을 마쳤다. 학교에서 돌아온 뒤 나는 비두와 함께 마을을 한 바퀴 돌았다. 다뤄 영감의 집 앞을 지나칠 때 다뤄 영감이 커튼을 들추고 뭐라고 중얼거리는 것을 보았다.

"다뤄 할아버지, 뭐라고요?"

비두가 외쳤다. 나는 황급히 비두의 옷소매를 잡아당기며 말렸다.

"그냥 놔둬. 온전한 정신이 아니라는 걸 잘 알잖아."

하지만 비두는 내 말에 화가 난 듯했다.

"진짜 이상하다, 너. 돌아온 다음부터는 할아버지에게 못되게 구네. 한 번 찾아가 보지도 않고. 난 다뤼 할아버지가 좋아."

어쩔 수 없이 나는 비두를 따라 다뤼 영감의 집에 들어가야 했다. 다뤼 영감은 부엌 의자에 우리를 앉혔다. 그리고 만든 지 오래된 듯한 레모네이드와 파라오 시대에 만들었을 것 같은 비스킷을 찬장에서 꺼냈다. 우리는 그걸 맛봐야만 했다. 그러는 동안 영감은 우리를 번갈아 쳐다보고는 고개를 끄덕였다. 조금 시간이 지난 뒤에 다뤼 영감이 입을 열었다.

"그래, 뤼도빅. 말을 타 볼 기회가 없었다지. 그런데 혹시 이제 말 타기가 싫어진 건 아니냐?"

그 말에 비두가 대답했다.

"할아버지도 참, 뤼도빅이 팔목을 접질렸다는 걸 잘 아시잖아요. 그래서 말을 탈 수가 없는 거죠."

다뤼 영감은 잠시 침묵을 지켰다. 이윽고 그의 입술이 귀에 걸리도록 길게 늘어나는 모습을 볼 수 있었다. 그렇다는 건 다뤄 영감이 무엇인가 심술궂은 일을 준비하고 있다는 신호였다. 영감의 눈이 위험스러울 정도로 반짝였다.

"그래, 정말 운이 없구나, 뤼도빅······."

극도로 긴장한 나머지 나는 손가락으로 식탁을 연방 두드렸다. 영감은 장난기 가득한 시선으로 그런 내 손을 바라보았다. 그러고는 비두에게 말을 건넸다.

"비두야, 언제 안경을 맞추러 갈 거냐?"

비두는 당황하여 말문이 막힌 것 같았다.

"어, 어떻게 아셨어요? 제가 안경을 써야 한다는 걸? 혹시 초능력자세요?"

아닌 게 아니라 바로 지난주에 비두는 안과에 갔다. 비두를 진찰한 의사는 비두에게 안경을 써야 한다고 말했다. 아무래도 눈이 많이 나빠진 듯했다.

다뤼 영감의 입이 쩍 벌어졌다.

"초능력은 아니지. 그냥 생각해 낸 거야. 요즘 네 눈이 똑똑히 보이지 않는 것 같거든."

무슨 소린지 알아듣지 못해 어리둥절해진 비두가 나를 바라보았다. 나는 영감이 무슨 말을 하는지 아주 잘 알아들었다. 늙은 여우 같으니라고. 여느 때처럼 영감은 나를 난처하게 만들면서 재미있어하는 것이다.

다뤼 영감이 화제를 바꾸며 덧붙였다.

"좋아, 좋아. 아직 시간이 된 게 아니지. 아니고말고. 얘들아, 너희는 못되지 않았어. 못되지 않았다고."

다뤼 영감이 시간에 대해 말한 것이 날 안심시켰다. 나는 편안한 마음으로 레모네이드를 쭉 마셨다. 이번 한 번만이라도 내게 트집을 잡지 않았으면…….

"그런데 말이다……."

다뤼 영감이 내 눈을 똑바로 보면서 다시 말을 꺼냈다.

"그림엽서를 또 보내 줘서 고맙다. 그걸 받고서 정말 기뻤단다."

일순 온몸의 피가 얼어붙는 것 같았다. 나는 잔뜩 겁에 질린 채 쉰 목소리로 반문했다.

"무슨 엽서 말씀이세요?"

다뤼 영감은 무자비하게 계속했다.

"바로 어제 받은 엽서 말이다. 바로 어제 받았다고."

되풀이해서 말하는 다뤼 영감은 나를 놀리는 새로운 장난에 신이 난 듯했다. 그가 허풍을 떠는 것인지 알 수가 없었다.

비두의 눈이 커졌다. 그러고는 근심스러운 얼굴로 나를 보앉다. 어떻게 된 일인지 설명을 기다리는 것이었다. 그 순간 좋은 생각이 떠올라 나는 명랑한 목소리로 대답했다.

"이럴 수가! 이렇게 늦게 도착하다니!"

그러나 다뤼 영감은 내 말을 알아듣지 못한 것처럼 탄식하듯이 말했다.

"아무리 늦게 왔더라도 연하장을 받는다는 건 언제나 기쁜 일이지."

그러자 비두가 놀라 소리쳤다.

"연하장이라고? 하지만…… 넌 일월 일 일에 이미 비뉴에 돌아와 있었잖아!"

나는 힘없이 대꾸했다.

"그래, 하지만 그 엽서들은 오래전에 미리 준비해 놨던 거야. 배에서 일하는 아이한테 줬는데, 그 애가 배가 정박했을 때 내려서 부쳤겠지."

요즘에는 거짓말을 예전처럼 잘하지 못한다. 설득력이 많이 떨어진 것 같다.

비두가 갑자기 불안해하는 것 같았다. 소름이 끼치도록 놀란 듯했다. 드디어 눈을 뜨게 된 것처럼.

무엇인가가 비두의 머리를 스쳐 지나간 듯 얼굴에 슬픈 그림자가 드리워졌다. 이윽고 비두가 말했다. 무뚝뚝한 말투였다.

"이제 집에 가 봐야겠어. 그러지 않으면 엄마가……."

나는 억지로 미소를 지으며 다뤼 영감에게 인사했다. 하지만 내 눈은 이렇게 말했다. 이 못된 여우, 고약한 심술쟁이, 괴팍한 영감네. 또 나를 골탕 먹이다니!

오늘 밤은 도저히 잠을 청할 수가 없다. 아네트까지 나를 차갑게 쳐다보는 것 같다.

2011년 2월 2일

아침에 손이 꽁꽁 언 채 스쿨버스를 기다리고 있는데 비두가 냉랭한 얼굴로 도착했다.

"더욱 기가 막힌 일이 있었는데, 모르지? 나도 네가 보낸 연하장을 받았어. 날짜를 보니까 일월 육 일이더라. 우표에 찍힌 소인은 산토도밍고이고."

나는 시선을 피했다.

비두는 엽서를 꺼내 나에게 보여 주었다.

"재미있군. 내가 어제 말한 그대로잖아. 심부름꾼 아이가 부쳤을 거라고. 미리 준비해 놨던 그림엽서들이야. 어떤 경우에 대비한 거냐면…… 음…… (이 대목에서 말이 막혀 중단했다. 공포에 사로잡혔기 때문이다. 아저씨와 아줌마도 분명히 받았을 것이다. 그 망할 놈의 엽서를. 나는 요행을 바라면서 이렇게 덧붙였다.) 그러고 보니 부모님한테도 한 장 보냈던 것 같아!"

마침 아네트가 다가왔고, 스쿨버스가 도착했다. 우리 셋은 버스에 올라탔다. 나는 아네트 옆에 앉았다가 불쑥 말을 꺼냈다.

"비두는 내가 산토도밍고에서 보낸 연하장을 받았대. 너하고 아빠 엄마한테 보낸 편지는 왜 오지 않을까? 이상한 일이야!"

아네트의 안색이 환해졌다. 그러고는 책가방에서 그림엽서 한 장을 꺼내 보여 주었다. 비두가 받은 것과 똑같은 해변 풍경이 담긴 것이었다.

"이틀 전에 우편함에서 꺼냈어. 아직 아빠 엄마한테는 보여 주지 않았어. 진짜 이해할 수 없었거든."

나는 일부러 미친 듯이 웃어 보이려 했다. 하지만 완전히 실패했다.

"이해하지 못하는 것도 당연해. 어떻게 된 건지 비두에게 설명하던 참이었어. 그렇지?"

난 비두를 바라보았다. 비두의 표정은 우울했다. 나는 일부러 못 본 척했다. 내 모습은 탄로 나기 직전의 살인범 같았다. 탐정소설에 나오는 그런 살인범 말이다.

나는 그 엽서들이 미리 준비해 놓았던 것이라는 둥 온갖 변명거리를 수다스럽게 늘어놓았다. 아네트는 창밖만 바라보았다. 긴장된 분위기가 조성되기 시작했다.

어제저녁의 좋지 않은 예감이 내 몸에 다시 휘감겼다.

2011년 2월 4일

오늘은 일요일이다. 비두가 집에 다녀갔다. 나를 대하는 태도가 달라진 것 같다. 토라진 것 같기도 하고 날 경멸하는 것 같기도 했다. 농장에 가자고 하고는 내 대답을 기다리지도 않고 이렇게 말했다.

"말은 별로 타고 싶지 않지?"

그러고는 재빨리 말을 이었다.

"좋아, 좋아. 그럼 도미노나 한판 할까?"

우리는 식탁에 마주 앉아 한마디도 하지 않으면서 도미노

놀이에 몰두했다.

 아네트는 소파에 앉아 책을 읽고 있었다. 그런데 잔뜩 미간을 찌푸린 모습이었다. 미슐린 아줌마가 부엌에서 왔다 갔다 했다. 아마도 계속되는 침묵에 놀란 모양이었다. 그러다가 나와 눈이 마주치자 부엌으로 오라는 손짓을 했다. 가 보니 커다란 초콜릿 케이크가 있었다. 맛있는 냄새가 코를 자극했다. 화로에서는 커다란 고깃덩어리가 익어 가고 있었다. 내가 기쁜 얼굴로 말했다.

 "와, 전부 다 진짜 맛있겠다."

 미슐린 아줌마가 색색의 작은 초를 꺼냈다. 나는 그걸 보고 어리둥절해서 물었다.

 "뭐하려고요?"

 그러자 이번엔 미슐린 아줌마가 깜짝 놀란 얼굴로 나를 뚫어지게 바라보더니 낙담한 투로 말했다.

 "설마 아네트 생일을 잊어버린 건 아니지?"

 이번엔 정말 너무했다. 나도 모르게 눈물이 솟아올랐다. 나는 방으로 달려가 숨었다.

2011년 2월 5일

어제 있었던 이야기를 이어서 쓰겠다. 어제는 너무 괴로워서 계속 쓸 수가 없었다. 생일 파티는 을씨년스러웠다. 저녁 식사에 초대받은 비두가 아네트에게 선물을 주면서 분위기를 살렸다.

"이건 뤼도빅과 내가 마련한 거야."

비두가 건넨 선물 상자에는 꽃무늬가 가득한 머플러가 들어 있었다.

나는 점점 더 불편함을 느꼈다. 누가 봐도 진짜 뤼도빅이라면 이날을 그냥 지나쳤을 리 없기 때문이다.

오귀스탱 아저씨는 골똘히 무언가를 생각하는 것 같았다. 그러다가 가끔씩 마른 소리를 내며 혀를 찼다. 미슐린 아줌마는 부엌과 식탁을 바쁘게 오갔다. 클로드 형은 여전히 빈정거리며 거드름을 피웠고 형수는 연방 고개를 끄덕였다. 젊은이들의 무관심함, 태평스러움, 가치관 상실을 질타하는 종류의 의견들이었는데 그 모든 것은 당연히 클로드 형 자신이 얼마나 완벽한 사람인지를 나타내기 위한 것이었다. 폴 형은 참석하지 못했다.

아네트와 비두는 불편한 기색이었다. 어떻게 보면 비탄에 잠긴 것처럼 보일 정도였다. 내가 그런 거북함의 원인이라는 것을 잘 알았지만 어떻게 해야 좋을지 몰랐다. 무언가 비정상적인 사건이 벌어지고 있음을 그들이 마침내 눈치챘지만 아직까지는 완전히 인정하지 않고 있는 것도 사실이었다.

마침내 파티가 끝났다. 나는 겨울철의 들판이 그렇게 스산한지 몰랐다. 겨울비까지 내렸는데 전혀 멈출 것 같지 않았다. 도시에 살 때는 비가 오는 것에 그다지 주의를 기울이지 않았다. 그런데 이곳 비뉴에서는 비가 오면 익사할 것만 같은 느낌이 든다.

그리고 작은 촌락에서의 생활은 숨이 막힌다. 자동차 한 대라도 큰길을 가로질러 가면 대단한 사건이다. 그 얘기는 이곳 사람들의 일기에 거의 언제나 기록될 것이다.

이곳에서는 아무리 사소한 사건이나 행동도 감시당하며 며칠 동안 두고두고 화젯거리가 된다. 나는 그 모든 대화의 중심이 되는 것에 이제 넌더리가 난다. 처음에는 그런 게 자랑스럽기도 했다. 하지만 시간이 갈수록 마을 사람들의 호기심이 나를 짓누른다. 그나마 푸른 수첩에라도 모든 걸 털어놓을 수 있어서 정말 다행이다.

아무리 생각해 봐도 내가 도시를 좋아하는지 농촌을 좋아하는지 잘 모르겠다. 그날그날 달라진다. 아직까지는 기분이 변덕스럽게 왔다 갔다 한다. 클로드 형의 말처럼 사춘기 때문이겠지. 클로드 형의 말도 가끔씩은 옳을 때가 있다.

지금 나는 방에 혼자 남아 제르와 아르가 어항 안에서 맴도는 것을 바라보고 있다. 금붕어들은 규칙적으로 물 위로 올라와 먹이를 삼키고는 다시 빙빙 돈다.

2011년 2월 7일

악몽을 꿨다. 잘 기억나진 않지만 밤새도록 심하게 뒤척이며 여러 번 "엄마!"라고 소리친 것 같다. 깨어나 보니 아네트가 제 침대 가장자리에 앉아 조용히 나를 바라보고 있었다.

2011년 2월 10일

죽을 때까지 이날을 기억할 것이다. 방금 일어난 일들을 어떻게 이야기해야 할지 모르겠다. 그렇지만 기록해 놓아야 한다. 내가 있는 장소가 글쓰기에 적당하지 않을지라도 말이다. 그 점에 대해서는 뒤에 다시 말하겠다.

오늘은 토요일이다. 화창한 날이었다. 아침나절에 미슐린 아줌마가 창문을 활짝 열어젖혔다.

"봄기운이 도는구나. 하지만 완전히 믿어선 안 되지. 할머니도 '이월은 지독한 달'이라고 말씀하시곤 했거든."

집 안에는 활기가 넘쳤다. 식구들은 폴 형이 오기를 기다렸다. 오귀스탱 아저씨는 정원에 나가 나무들을 살펴보고 있었다. 입에는 여느 때나 다름없이 노란 담배를 물고 있었다. 아네트는 한 번에 여러 층씩 계단을 뛰어 오르내리며 놀고 있었다. 나는 부엌에서 칼을 가는 중이었다.

누군가가 벨을 눌렀다.

"폴이 벌써 왔나 보네. 아네트, 문 좀 열어."

미슐린 아줌마가 말했다.

"엄마, 이리 와 봐요! 빨리!"

아네트가 다급한 목소리로 외쳤다.

나도 달려갔다.

그곳에는 뤼도빅이 있었다.

한참 동안 침묵이 흘렀다. 똑같이 생긴 두 사람이 마주 보고 있는, 그 이상한 광경 앞에서 모두 멍하니 입을 벌린 채

뻣뻣하게 굳어 버렸다.

뤼도빅은 키가 나와 똑같았다. 하지만 나보다 어깨가 더 넓었다. 머리 모양도 똑같았다. 진짜 이상하리만큼 서로 닮아 있었다. 그를 보고 있으니 마치 거울을 보는 듯한 착각이 들었다. 그러나 뤼도빅은 훨씬 '어른'스러웠다.

뱃사람답게 가무잡잡하게 그을린 얼굴에는 거뭇거뭇하게 수염이 나기 시작했고, 시선도 자신감에 넘쳤다. 그는 낡은 청바지에 커다란 해군용 외투를 입고 배낭을 메고 있었다.

내가 보기에는 뤼도빅이 제일 많이 놀란 것 같았다.

뒤늦게 들어오던 오귀스탱 아저씨도 마찬가지로 문 앞에서 얼어붙었다. 우리 모두 미라가 된 것 같았다. 나는 입이 얼어붙어 한마디도 꺼내지 못했다. 머릿속이 완전히 텅 빈 것 같았다.

그러는 동안에 폴 형이 차에서 내리는 것이 보였다. '해군 다음에 육군이군.' 하는 생각이 기계적으로 떠올랐다. 폴 형은 멀리서 우리가 꼼짝 않고 몰려 있는 모습을 보고는 소리쳤다.

"모두들 뭐하는 거야? 사진 찍는 거야?"

그러다 뤼도빅 근처에 와서 폴 형 역시 말을 멈췄다. 하지만 오랫동안은 아니었다.

"정말 재밌는걸! 올해 최대의 사건이야."

그 말에 오귀스탱 아저씨가 겨우 입을 열었다.

"그렇군, 네 말이 맞다."

한 무리의 좀비들처럼 모두 몸을 움직여 거실로 갔다.

뤼도빅은 넋을 잃은 듯이 의자에 털썩 주저앉았다. 그러고는 손가락으로 나를 가리키며 물었다.

"무슨 일이 있었던 거야? 쟤는 누구야? 내 대역이라도 데려온 거야?"

폴 형이 신경질적으로 웃으며 대답했다.

"그래, 그렇다고 할 수 있겠네."

식구들이 모두 나를 뚫어지게 쳐다보았다. 나는 내내 꼼짝도 할 수 없었다. 그러고는 눈을 내리깔았다.

어쨌든 한 가지 사실은 분명했다. 뤼도빅이 예상했던 멋진 귀환을 내가 완전히 망친 것이다. 깜짝쇼의 대실패.

"제 진짜 이름은 데릭 르장드르예요."

내가 불쑥 말을 꺼냈다. 그러고는 한숨을 크게 내쉬었다. 마치 두 번째 태어난 것 같았다. 내 이름을 말하면서 그런 느낌을 받은 적은 이제까지 한 번도 없었다.

오귀스탱 아저씨는 술을 한 잔 따라 단숨에 들이켰다. 폴 형도 마찬가지로 한 잔 마셨다.

사람들은 계속 나를 쳐다보았다. 나에 대해 그들에게 좀 더 알려 줘야 한다는 생각이 들었다.

"제가 잘못한 게 아니에요……. 부모님이 야단치셔서 가출했어요. 미리 계획했던 건 아니고요. 그냥 머리에 떠오르는 대로 행동한 건데 이상하게 일이 연결되면서 이렇게 되었어요. 사실 저를 뤼도빅이라고 결정한 건 경찰이에요."

오귀스탱 아저씨가 중얼거렸다.

"어처구니가 없군."

나는 뤼도빅의 눈에서 분노를 읽었다. 하긴 그를 반갑게 맞아 준 사람이 아무도 없으니. 뤼도빅이 받아야 할 환영을 벌써 내가 다 받은 셈이었다.

"물 한 잔 주실래요?"

기분이 몹시 상한 듯 뤼도빅이 청했다. 그 말에 미슐린 아줌마가 당황해하며 말했다.

"그럼, 그럼. 어머나, 내 정신 좀 봐!"

뤼도빅이 다시 말했다.

"어떻게 이런 일이 있을 수 있어? 식구들 전부 다 재를 나라고 생각했다니!"

뤼도빅은 혐오감으로 인상을 쓰며 손가락으로 나를 가리켰다. 정말 무례한 녀석이었다.

뤼도빅이 계속해서 말했다.

"내가 지금 꿈꾸고 있는 건가? 어떻게 그럴 수가 있지? 아네트, 너도 그랬니?"

뤼도빅은 이제 여동생을 공격했다. 아네트는 얼굴이 새빨개지면서 고개를 끄덕였다.

뤼도빅은 순교자처럼 눈을 허공으로 들어올렸다. 그걸 보고 폴 형이 내뱉었다.

"너무 허세 부리지 마. 사람들이 말하는 것처럼 자리를 비우면 그 자리를 빼앗기는 법이지. 넌 몰래 집을 나갔잖아."

"그러지 않았다면 허락했겠어? 난 정말로 세상을 보고 싶었단 말이야. 날 이해하지 못한다면 하는 수 없지!"

뤼도빅은 기가 죽은 모습으로 고개를 저었다.

그걸 보면서 나는 속으로 생각했다.

'저런! 집에 오자마자 불평을 늘어놓기 시작하다니, 어처구니가 없군.'

미슐린 아줌마가 뤼도빅을 달랬다.

"물론 다들 널 이해하지."

그러면서 뤼도빅에게 다가가 머리를 쓰다듬었다.

"하지만 넌 우리보다 훨씬 머리가 좋잖니. 그리고 그렇게 떠나기에는 너무 어렸다는 걸 너도 잘 알잖아."

뤼도빅은 엄마 품에 머리를 기댔다.

나는 그곳에서 더 이상 아무런 할 일이 없었다.

벌써 뤼도빅은 자기가 한 일들을 자랑하기 시작했다. 내가 상상한 만큼이나 허풍이 센 녀석이었다. 그동안 어떻게 지냈는지가 쭉 재연되었다.

주민등록증을 이용해 어떻게 열여덟 살로 행세할 수 있었는지, 페캉에서 어떻게 트롤망 어선에 취직할 수 있었는지 등등. 뱃사람과 싸움이 붙었던 이야기나 바다에서 얼마나 추웠는지 따위의 이야기들은 그냥 지나가겠다. 이제 지긋지긋하다. 허풍쟁이들은 정말 싫다.

베르나르 가족들은 모두 뤼도빅에게 매달려서 귀를 기울였다. 불쾌한 일이었다. 나는 투명 인간이 되어 버렸다. 모두들 나란 존재는 잊어버린 것이다. 간단한 일이었다. 폴 형조차도 동생의 이야기에 감탄한 듯했다.

"할 말이 없네. 벌써 어른이 다 됐군."

그러고는 동생의 등을 철썩 쳤다.

그런 모습을 보면서 나는 약간 심술궂게도 과연 큰형 클로드는 이 모든 것에 어떻게 반응할지 상상해 보았다. 만물박사는 이런 경우에도 거드름을 피우며 격언을 늘어놓을까? 그 광경이 보고 싶어 안달이 났다.

마침 점심시간이 되어 클로드 형이 형수와 함께 도착했다. 아네트가 나가서 그들을 맞았다.

"클로드 오빠. 뤼도빅 오빠가 돌아왔어……."

"나도 알지! 뤼도빅이 돌아왔다는 것은. 무슨 새로운 소식처럼 말하는구나, 우리 불쌍한 아네……."

클로드 형은 미처 말을 끝맺지도 못하고 깜짝 놀라 멈춰 섰다. 그러고는 진짜 동생과 나를 번갈아 가며 바라보았다.

"이런…… 이런……."

말문이 턱 막힌 것 같았다. 그러나 오래가지는 않았다.

"세상에. 이런 일이 우리에게 벌어지다니. 베르나르 가족에게! 사람들이 이제 우리를 보고 뭐라고 할까? 마을 사람들 죄다 우릴 바보 취급하겠군."

거기에 생각이 미치자 클로드 형은 화가 치밀어 오르는 모양이었다. 험악한 표정으로 내게 다가왔다.

"어린놈이 사기를 치다니……. 당장 꺼지지 못해! 이 사기꾼 녀석, 도저히 참을 수가 없군!"

클로드 형이 나에게 따귀를 한 대 갈기려고 했다. 형수가 클로드 형을 말렸다. 그때 폴 형이 말했다.

"가만 놔둬. 얘도 불쌍한 녀석이야. 게다가 벌써 경찰에 연락해 놨어. 곧 올 거야."

경찰관들만 조용히 해 주면 소문이 퍼지진 않을 텐데…….

체면 문제 때문에 그들이 논란을 벌이는 동안 내 눈에서는 눈물이 솟아올랐다. 그걸로 끝이었다. 더 이상 심문하지도 않고 나를 돌려보냈다.

미슐린 아줌마는 몹시 차가운 얼굴로 내게 짐을 꾸리라는 신호를 보냈다. 짐은 금방 꾸릴 것이다. 내가 가진 모든 게 다 뤼도빅 것이니까.

나는 눈물을 훔치며 방으로 올라갔다. 그리고 침대에 앉아 마지막으로 방을 둘러보았다. 가장 그리워하게 될 장소였다. 정말 상쾌하고 조용한 방이었다. 여동생도 생긴 곳이었다.

이제 어떤 일이 벌어질 것인지는 감히 생각할 수 없었다.

'최소한 지금처럼 거짓말을 해야 하지는 않겠지.'

그렇게 생각하자 마음이 놓였다. 몹시 졸린 것처럼 하품까지 나왔다.

창밖을 내다보았다. 마지막으로 블랑셰트와 파피용에게 눈길을 주었다. 그 녀석들은 암소 특유의 무심함으로 풀을 뜯고 있었다. 고개를 돌리자 제르와 아르가 보였다. 그래도 그렇지, 금붕어 때문에 눈시울을 붉히진 않을 것이다.

나는 나직이 되뇌었다.

"좋아, 이제 가야지."

이렇게 버려진 채 남는 것은 처량한 노릇이었다. 나는 푸른 수첩을 챙겨 허리춤에 밀어 넣었다. 그러면서도 경찰들이 몸수색을 하지는 않을까 겁이 났다.

'그래도 크게 떠벌리진 않겠지, 극악한 범죄를 저지른 건 아니잖아.'

내가 쓰던 공책들을 펴 보았다. 아빠에게 보여 주면 기분 좋게 놀랄 거라는 생각이 들었다.

이십 점 만점에 영어 십사 점, 국어 십오 점……. 그것도 중학교 이 학년 과정에서! 물론 비두의 시험지를 많이 베끼긴 했지만 그중에서 작문은 정말 내가 쓴 것이었다.

그래, 내 공책들을 뤼도빅에게 남겨 놓지는 않을 것이다. 나는 비닐봉지에 학교에서 쓰던 물건들을 조금 골라 넣었다.

그리고 공책 한 장을 뜯어 뤼도빅에게 메모를 남겼다.

뤼도빅, 미안해. 하지만 너도 알다시피……

나는 거기까지 쓰다가 종이를 찢어 버렸다. 그 애에게 무슨 말을 해야 할지 하나도 생각나지 않았기 때문이다. 다시 공책을 들어 새로 한 장을 뜯었다. 이번에는 아네트에게 썼다.

사랑하는 아네트
난 항상 동생을 갖는 것이 꿈이었어. 비뉴에 있는 동안 나는 여동생이 얼마나 소중한지를 알게 되었어. 너는 최고의 여동생이었어. 부디 날 용서해 줘.

데릭

나는 메모지를 아네트의 베개 밑에 밀어 넣었다. 밑에서 소란스러운 소리가 들렸다. 솔직히 말해서 아래층에 내려갈 엄두가 나지 않았다.

"기운 내."

그렇게 혼잣말을 하며 끝까지 품위를 지키자고 다짐했다. 이건 그냥 불행한 순간일 뿐이야. 금방 지나갈 거야. 나는 비닐봉지를 손에 들고 당당하게 주방으로 내려갔다.

어느 누구도 내게 관심을 두지 않았다. 뤼도빅이 한창 공연 중이었기 때문이다. 약삭빠른 녀석! 뤼도빅은 사진이며 그림엽서, 조개껍데기, 불가사리, 해마 등 온갖 잡동사니를 펼쳐 놓은 상태였다.

베르나르 가족은 그 모든 진귀한 것들 앞에서 경탄하는 일밖에는 관심이 없었다. 진짜 애들 같았다. 주인공인 뤼도빅은 뱃사람으로서 으스대고 있었다. 내 마음을 몹시 서글프게 하는 광경이었다.

이윽고 그 자식이 가족 모두에게 줄 선물을 꺼내기 시작했다. 오귀스탱 아저씨는 병 속에 든 배를 받았다. 내가 보기에는 진짜 구식이었는데도 아저씨는 홀딱 반한 것 같았다.

미슐린 아줌마는 면으로 만든 장신구와 바구니 몇 개를 받았다. 크게 자랑할 만한 것은 아니었는데도 아줌마는 큰 소리를 지르며 기뻐했다.

아네트는 커다란 조개껍데기 목걸이를 목에 걸었다. 그걸 보고 있자니 이런 생각이 들었다. 과연 아네트가 저런 추악한 물건으로 치장할 기회가 있을까? 나는 아네트가 그런 차림으로 학교에 간다고 상상해 보았다. 얼마나 창피할까!

그들 모두 기쁨에 겨워했다. 그들로서는 잘된 일이다.

폴 형은 나침반을 받았는데 어디서나 볼 수 있는 흔한 것이었지만 굉장히 마음에 드는 모양이었다.

그 약삭빠른 뤼도빅은 클로드 형과 형수에게는 특별히 신경 쓴 것 같았다. 클로드 형에게는 섬에 관한 책을 주었고, 형수에게는 원피스를 선물했다. 그걸로 입을 막아 버린 것이다.

모두들 한꺼번에 떠들어 대는 동안 나는 한구석에서 엄지손가락만 까딱거리고 있었다.

뤼도빅이 모형 범선을 꺼내며 말했다.

"이건 비두에게 줄 거야. 어디로 갖다 주어야 할까?"

뤼도빅이 그 말을 하기 전까지만 해도 내 가슴이 그렇게 아프지는 않았다. 그러다가 그제야 무슨 일이 내게 일어났는지를 깨달았다. 지금까지는 그저 영화를 보고 있는 것처럼 생각되었던 것이다. 하지만 비두, 내 착한 친구 비두가 곧 모든 걸 알게 된다는 생각이 들자…… 생각만 해도 견딜 수가 없었다. 최대한 빨리 빠져나가야 했다. 그래서 나는 베르나르 가족이 정신없는 틈을 타서 조용히 정원으로 빠져나왔다. 다시 한 번 도망치는 데에 성공한 것이다.

2011년 2월 11일

 어제 이야기를 계속하겠다. 어제는 더 이상 쓸 수가 없었다. 팔도 아팠고, 그냥 일기장에 엎어져 잠들었기 때문이다. 어디까지 이야기했더라? 아, 그래. 기억난다.

 그러니까 나는 뒷문으로 몰래 빠져나왔다. 처음엔 살금살금 걷다가 조금 지나서 빨리 달렸다. 큰길로 나가 차를 얻어 타고 파리로 가려고 했다. 하지만 운수 좋은 날이 아니었다. 나는 운이 없게도 비두와 딱 마주쳤다. 비두는 언제나 그렇듯이 노새처럼 짐을 잔뜩 짊어지고 야채 가게에서 나오는 중이었다. 나를 알아본 비두가 소리쳤다.

 "뤼도!"

 나는 걸음을 멈추었다. 그리고 비두의 손을 꼭 잡으며 말했다.

 "용서해 줘, 친구. 내가 직접 말해 줄 수는 없고, 우리 집에 가 봐. 그러면 알게 될 거야."

 "무슨 일인데? 표정이 아주 어두워. 뤼도, 설마 또 도망치는 건 아니겠지?"

 "우리 집에 가 보라니까."

그러고는 그 자리를 벗어나 달렸다. 조금 멀리 떨어진 뒤에야 갑자기 생각나서 나는 비두를 다시 불렀다. 그리고 몸을 거의 돌리지도 않고 소리쳤다.

"비두!"

"왜?"

"너처럼 잘해 준 친구는 한 명도 없었어!"

나는 비두의 반응을 보지 않기 위해 발길을 돌려 성큼성큼 달렸다. 약간 경사진 길을 따라 뛰어 내려갔다. 땅이 마치 내 발밑에서 스스로 굴러가는 것 같았다. 얼굴에는 맞바람이 와 부딪혔고, 숨을 내뿜으며 생긴 입김이 얼굴 주위에 안개를 만들어서 마치 성인들의 후광처럼 느껴졌다. 나는 달리기에 도취하여 모든 것을 잊었다. 피곤한 일에서 벗어난 가벼운 몸 상태로 거의 날아가고 있었다. 이월의 찬 공기 속을 헤엄치듯 똑바로 앞으로 달려 나갔다.

그러나 곧이어 사이렌 소리가 내 질주를 멈추게 했다. 경찰이었다. 재미있게도 나를 이곳에 데려온 모리스와 앙드레 경찰이었다.

"어이 너, 연기의 달인, 이리 와 봐! 안 그러면 볼기를 두들겨 줄 테야."

나는 숨이 턱까지 차 있었기 때문에 반항조차 하지 못했다. 어쨌든 일어나야 할 일은 일어나는 법이다. 나는 크게 한숨을 내쉬고 경찰차에 올라탔다. 모리스가 말했다.

"저 녀석, 진짜 매 좀 맞아야겠어. 저놈 때문에 우리 꼴이 뭐가 된 거냐고……. 나쁜 자식, 최소한 저 녀석 부모가 단단히 혼내 줘야 할 텐데."

그 말에 앙드레가 대꾸했다.

"생각 좀 하고 살아라, 모리스. 넌 요즘 부모들이 자기 자식을 어떻게 교육하는지 모르는군. 그저 오냐오냐한다고, 이 친구야. 그것 때문에 저런 녀석들이 닥치는 대로 사고를 치고 다니는 거지. 아마 쟤네 부모는 쟤를 왕자처럼 떠받들 거야. 분명해."

"그래도 쟤네 가족은 왠지 쟤를 다시 보고 싶어 하지 않을 것 같아. 그냥 포기한 거지. 내 생각은 그래."

모리스가 나를 향해 몸을 돌렸다.

"이번에는 진짜 사실대로 이야기해야 할 거다. 지난번처럼 우릴 바보로 만들지 말고. 또 그랬다가는……."

나는 뒷자리에 길게 드러누웠다. 경찰도 전혀 무섭지 않았다. 내가 겪은 모험이 나를 강인하게 만든 것이다.

"제 이름은 데릭 르장드르입니다. 베르나르 가족에게도 이미 밝혔어요. 알고 계시겠지만."

"지난번에는 왜 거짓말했니?"

모리스가 물었다.

"집에 돌아가고 싶지 않아서요. 혼날까 봐 무서웠거든요."

내 말에 앙드레가 비꼬며 말했다.

"그래, 정말 똑똑하구나, 이 바보 같은 녀석아. 지금은 부모님이 널 환영해 줄 거 같니?"

나는 집 주소를 털어놓지 않으면 경찰들이 그걸 알아내느라 시간이 걸릴 것이고, 그사이에 도망갈 수 있을 거라고 생각했다. 하지만 그건 공상에 불과했다. 경찰들은 그 뒤로 내게 더 이상 질문하지 않았기 때문이다. 모리스와 앙드레는 완전히 확신에 차 있었다. 내게는 경찰서에서 하룻밤을 대기하고 있으면 곧 소식을 알려 주겠다고 말했다.

바로 그 경찰서에서 지금 내가 일기를 쓰고 있는 것이다. 곧 출발한다고 말해 놓고도 그들은 여기저기 끊임없이 전화를 하고 있다. 하지만 무슨 이야기를 하는지는 들리지 않는다.

좋은 점수가 들어 있는 비닐봉지는 줄곧 가지고 다녔다. 아마 그걸 보면 부모님도 좀 누그러질 거다. 그래도 내가 한 짓에 노발대발할 건 분명하다.

여기서 이 생각은 중단해야겠다. 경찰서에 어떤 신호가 울렸기 때문이다. 무슨 일이 벌어지고 있는지는 모르겠다.

앙드레와 모리스가 혼란스러운 표정으로 서장과 함께 나타났다. 이 지방의 뉴스와 신문기자들이 내 사건을 취재하러 몰려온 듯하다.

기자들이 베르나르 가족을 만나러 갔지만 인터뷰를 거부했다고 한다. 분명히 나를 원망할 것이다. 그 생각만 하면 끔찍하다.

다뤼 영감은 재미있어하고 있을 것임에 틀림없다. 영리한 기자들이라면 더 많은 정보를 얻기 위해 그 영감에게 달려갈 텐데.

하여튼 내가 저지른 일을 숨기거나 또다시 도망치고 싶다 해도 이런 소동이 벌어지는 것을 봐서는 완전히 그른 일이다. 나는 경찰보다도 텔레비전과 신문이 더 귀찮은 존재라는 것을 실감하고 있다. 방금 경찰서장이 인터뷰를 허용했다는 이야기가 들렸다. 기자들이 모여드는 것이 창문으로 내다보였다.

모리스와 앙드레가 나를 어떻게 붙잡았는지 기자들 앞에

서 자랑스럽게 떠벌리는 걸 보고 있자니 기가 막혔다. 그들은 나를 베르나르네 가정에서 어떻게 찾았는지, 내가 또 도망쳤을 때 어떻게 해서 나를 부드러우면서도 심리적인 방법으로 다시 붙잡았는지 등을 이야기하고 있었다.

나는 밖으로 뛰쳐나가 사실은 저 두 바보들 때문에 내가 베르나르네 집에 들어가게 되었다고 폭로하고 싶었다.

인터뷰장에는 카메라맨 여러 명과 기자 두 명이 있었다. 그들은 나를 만나고 싶다고 말했다. 그러나 경찰관들은 일단 내 사진을 보여 주는 것에만 동의했다. 기자들은 내 사진을 뤼도빅의 사진과 비교하면서 굉장한 기삿감이라고 떠들었다.

고백하건대 나는 부모님 때문에라도 그런 기사를 피할 수 있기를 바란다. 베르나르 가족들 때문에 그렇기도 하다. 그 불쌍한 분들을 멍청이로 만들 의도가 없기 때문이다.

순간적으로 이 학년 선생님들과 케빈이 생각났다. 케빈, 그 녀석은 처음부터 모든 걸 알고 있었노라고 여기저기 떠들며 으스댈 것이 틀림없다.

오늘 밤은 여기에서 자야 한다는 것을 지금 막 들었다. 그리고 부모님이 내일 여기 오셔서 날 데려갈 것이라는 것도.

내가 있는 곳은 영화에 나오는 것 같은 그런 끔찍한 유치장은 아니다. 하지만 편의 시설이 부족했다. 침대차에 있는 것과 같은 딱딱한 침대 하나와 이불이 전부다. 그래도 나를 청소년 감화원으로 보내지 않았기에 불평할 수가 없다.

당직을 맡은 앙드레가 나를 데려가서 텔레비전 뉴스를 보여 주었다. 그리고 샌드위치를 건네주며 말했다.

"저것 좀 보렴. 네 이야기가 분명히 나올 거야. 엉뚱한 짓일랑 할 생각도 말고."

뉴스 진행자가 내 사건을 보도하기 시작하자 나는 가슴이 철렁했다.

"트루아 지방에서 최근 아주 이상한 일이 벌어졌습니다……."

화면에는 인적 없는 비뉴 거리가 등장했다. 마을 주민들은 기자들과 이야기하지 않으려고 집에서 나오지 않는 것 같았다.

"……처음에는 프랑스에서 매년 수천 건씩 발생하는 평범한 사건이었습니다. 지난 칠월 오 일, 비뉴 마을에 살던 뤼도빅 베르나르라는 소년이 사라졌습니다. 육 개월 후, 경찰이 한 소년을 보호하게 되었는데 뤼도빅 베르나르와 인상착의가 완벽히 일치했습니다. 하지만 오늘 아침, 극적인 반전이 일어났습니다. 평화롭게 지내던 그 작은 촌락의 주민들은 어안이 벙벙해지는 진실을 알게 됩니다. 트롤 어선을 타고 여행을 한 진짜 뤼도빅이 태연히 집으로 돌아온 것입니다. 이 기이한 사건은 쌍둥이처럼 닮은 아이들 때문에 발생했습니다. 두 달 가까이 베르나르 집에 기거하던 소년은 뤼도빅 베르나르가 아니었습니다. 그는 크리스마스 직전에 샤티용 쉬르 우아즈의 집에서 가출한 열네 살의 데릭 르장드르라는 소년이었던 것입니다. 두 소년은 놀랍도록 서로 닮았습니다. 시청자 여러분도 다음 사진으로 확인하실 수 있을 것입니다."

텔레비전 화면에 내 사진과 뤼도빅의 사진이 나란히 나타났다. 그다음 화면은 다시 비뉴 마을이었다. 한눈에 보아도 기자들이 누구 한 사람이라도 찾아내려고 악착같이 헤맨 표시가 났다. 그러니 당연히 인터뷰 대상은 다뤼 영감이었다. 즐거운 기색으로 문 앞에 앉아 있었으니까 말이다. 다뤼 영감은 겸손한 투로 말했다.

"오, 내 나이쯤 되면 수많은 일들을 경험하니까 무슨 일이 일어나도 놀라지 않지요. 그런데 이번엔 예외였어요. 사람들이 그렇게 쉽사리 속아 넘어가다니……. 때론 아둔하기까지 하다니까요."

그러고는 어깨를 들썩이며 웃기 시작했다.

미슐린 아줌마도 등장했다. 팔에 바구니를 끼고 있는 것으로 보아 장 보러 외출한 듯했다. 아줌마의 얼굴에는 불쾌한 기색이 역력했다. 손으로 얼굴을 가리면서 말하고 싶지 않다는 몸짓을 했다. 그래도 기자는 끈질기게 질문했다.

"어떻게 해서 다른 아이를 자기 아들로 착각할 수 있지요? 생각조차 할 수 없는 일 같은데요."

다음 장면은 스튜디오에 있던 심리학자 차례였다. 그 심리학자는 궤변을 늘어놓으며, 사춘기 젊은이들은 변화가 너무 심해서 부모들조차 알아보지 못하는 경우가 있다고 설명했다. 그리고 베르나르 부부의 경우에는 아들을 몇 달 동안 보지 못했기 때문에 아들을 잃어버릴 것이 두려운 나머지 아들과 닮은 아이를 아무런 의심 없이 두 팔 벌려 받아들인 것이라고 덧붙였다.

앙드레는 나를 억지로 잠자리에 보냈다. 프랑스 전국이 내 이야기를 알게 되었지만 나는 그다지 자랑스럽지 않았다. 그러나 한편으로는 잭을 비롯한 아카시아 아파트 단지의 친구들이 생각났다. 아마 그 애들도 깜짝 놀랐을 것이다. 이제는 더 이상 나를 애 취급하진 않겠지.

2011년 2월 12일

오늘은 진짜 부모님을 다시 만나는 날이다. 어제 잠들기 전까지 불안해하면서도 이 모든 모험이 끝난다는 생각에 조금은 안심했다. 하지만 부모님은 분명히 큰 소리로 야단칠 것이다. 뭐, 내가 한 짓을 보면 그럴 만도 하지. 그렇게 생각하며 잠이 들었다.

오늘 아침에는 일찍 일어나 의자에 앉아 오들오들 떨며 기다렸다. 어느 정도 시간이 지나고 내가 바닥에 있는 개미 한 마리를 관찰하는 데 몰두하기 시작한 순간, 자동차 한 대가 와서 멈췄다. 타이어에서 나는 삐걱거리는 소리로 보아 아빠 차가 분명했다.

역시 부모님이었다. 차에서 내린 부모님은 경찰서로 들어왔다. 몹시 우울한 표정이었다. 나는 일어나서 부모님 품에 안겼다. 생각했던 것만큼 복잡한 일은 아니었다.

부모님이 경찰관들에게 감사하다고 말하자 경찰관들은 소년범죄에 대해 이러쿵저러쿵 설명하기 시작했다. 아버지는 즉시 경찰관의 말을 자르고는 우리 모두 휴식이 필요하다고 말했다. 그러고는 눈물이 그렁그렁한 엄마와 함께 앞장서서 출발했다.

나는 모리스와 앙드레에게 다음에 보자며 인사했다. 그들은 다시 보지 않았으면 좋겠다고 대답했다. 그래서 나는 목소리를 낮추어 다시 말했다.

"그럼 안녕. 천당에서나 다시 만나면 좋겠네요."

막판에 그들이 내 신경을 건드렸기 때문이다. 그러나 그들은 "네가 천당에 올 수 있다면." 하고 대답했다. 끝까지 농담만 하는군, 저 두 사람은.

나는 자동차 뒷좌석에 앉았다. 부모님과 아무 이야기도 하지 않았다. 마치 목구멍이 꽉 막힌 듯한 느낌이었다. 내 옆에는 신문 뭉치가 있었다. 일 면에 실린 내 사진과 뤼도빅 사진이 눈에 들어왔다.

엄마가 짧게 입을 열었다.

"걱정했단다."

아빠도 덧붙였다.

"중요한 건 우리 아들을 찾았다는 거지."

아빠는 좀 부드러워진 것 같았다. 잠시 후에 아빠가 다시 말했다.

"우린 이 일에 대해 너무 많이 이야기하지 않기로 했단다.

네게 휴식이 필요했다는 걸 우리가 몰랐던 거지."

엄마가 조용히 말했다.

"넌 항상 시골에서 살고 싶어 했잖니."

그러면서 엄마가 울음을 터뜨렸고 나도 따라 울었다. 그러자 아빠가 말했다.

"그러지 말자니까."

하지만 그렇게 말하면서 아빠도 눈가를 훔쳤다.

이윽고 우리는 목을 축이기 위해 길가 카페 앞에 차를 세웠다. 아빠는 커피를, 엄마와 나는 코코아를 마셨다.

"네게 할 말이 있단다."

아빠가 말을 꺼냈다. 그러나 엄마가 가로막았다.

"지금은 그럴 때가 아닌 것 같아요."

나는 잔뜩 경계하며 부모님을 쳐다보았다. 나를 기숙학교나 감화원에 보내기로 결정한 것 같다는 생각이 들었다. 그렇게 생각하니 지금까지 별말이 없었다는 게 이해되었다. 나는 재빨리 가지고 다니던 비닐봉지에서 점수가 매겨진 공책을 꺼냈다. 그리고 희망을 갖고 넌지시 내밀었다.

"이거 좀 봐 주세요."

부모님은 공책을 뒤적이기 시작했다. 그러나 내가 얼마나 찬란하게 발전했는지를 보고서도 별로 놀라는 것 같지 않았다. 나는 약간 기분이 상했다. 다시 힘을 주어 말했다.

"첫 장을 잘 보세요!"

부모님은 내가 그 좋은 점수들을 이 학년 수업에서 땄다는 것을 알아보지 못했다. 일 학년 수업이 아니라는 사실을 알고 나서야 부모님은 감탄한 나머지 못 박힌 듯이 꼼짝하지 않았다.

"이 애는 계속 우리를 놀라게 하는군."

아빠가 약간 어리둥절한 모습으로 말했다. 그리고 우리는 웃기 시작했다. 그렇게 웃어 본 건 정말 오랜만이었다. 그런 날이 있었는지조차 의심스러웠다.

엄마도 입을 열었다.

"이게 바로 학교 낙제생을 해결하는 방법이네. 혼내는 대신에 학년을 더 올려 주면 되는구나."

엄마는 눈물을 닦았다. 그러나 이번엔 기쁨의 눈물이었다.

예전에는 엄마가 아직도 젊다는 것을 몰랐다. 엄마가 그렇게 좋아하는 모습을 보니 소녀 같았다.

"엄마가 달라졌다는 걸 모르겠니?"

아빠가 물었다.

나는 잠시 머뭇거렸다. 사실 엄마는 약간 살이 쪘다. 그러나 내가 걱정을 끼쳤기 때문에, 엄마는 여자들이 보통 그러는 것처럼 단것을 입에 달고 살았을 게 분명했다. 그래서 이렇게 대답했다.

"아니, 전혀 모르겠는데요."

거짓말쟁이인 나. 아직도 거짓말쟁이인 나.

갑자기 아빠가 고개를 돌렸다. 나도 따라 돌렸다. 휴게실에 있는 모든 사람들이 우리를 보고 있었다. 주인도, 종업원도, 카운터에 팔꿈치를 괴고 있던 뚱뚱한 아저씨도. 하긴 놀라운 일도 아니었다. 카운터에 놓인 지역신문에도 내 얼굴이 실린 것이다.

"어서 돈 내고 나가자."

아빠가 퉁명스레 말했다.

"앞으로도 얼마 동안 계속되겠죠. 그러고 나면 괜찮아질 거예요. 몇 달만 지나면 모두 잊어버릴 거예요."

엄마가 조리 있게 설명하며 아빠를 달랬다.

엄마는 아주 시원시원한 여자로 변해 있었다. 나는 엄마의 그런 모습에 어리둥절했다. 나를 잃어버리고서 겁이 난 나머지 엄마는 지금 모든 문제를 가볍게 다루는 듯했다.

그런데 나는 아빠가 한 말과 질문의 참뜻을 마침내 이해했다. 엄마의 몸 안에 무엇인가 변화가 있는 것이 확실했다. 엄마가 결국 털어놓았다. 엄마가 아기를 가졌다는 것이다.

인생은 놀라움으로 이루어진 것이 아닌가! 부모님이 왜 지금까지 기다렸는지는 잘 모르겠다. 아마도 아이를 더 가지지 않으려다가 생각을 바꾼 거겠지.

궁극적으로 그런 걸 결정하는 건 사람이 아니라 자연이거나 다른 그 무엇일 것이다. 어쨌든 그런 건 별로 중요한 문제가 아니다.

부모님은 동생이 생긴다는 소식에 내가 어떻게 반응할지 염려했나 보다. 내가 마치 이기심에 가득 찬 괴물인 것처럼 말이다. 나는 정말 기쁜 소식이라고 대답했다. 그리고 여동생이었으면 좋겠다고 말했다.

사실 엄마의 임신은 굉장한 사건이었다. 잠을 이루지 못할 정도였다.

우리는 집에 돌아왔다. 나는 베란다에 나가 아카시아 단지 쪽을 바라보았다. 내일 잭을 만나러 갈 것이다.

이제 더 이상 생각할 힘이 없다. 곧 잠이 들 것 같다.

2011년 2월 25일

　나는 원래의 생활로 돌아왔다. 내 방도 되찾았고 학교도 되찾았다. 아직까지는 변화에 적응이 약간 덜 되었지만 심한 정도는 아니다.
　비뉴에서의 일은 나를 좋은 방향으로 변하게 했다. 나는 성숙해졌고 우등생이 되었다. 선생님들이 매우 좋아했다. 선생님들은 부모님에게 내가 수업 시간에도 정신을 똑바로 차리고 있고, 전보다 개방적이 되었으며, 모든 일에 적극적으로 참여한다고 전했다. 국어 선생님은 내가 딴생각에 빠지는 횟수가 많이 줄어들었다고 말했다. 옛날에 선생님이 빈정거리는 말투로 이렇게 곧잘 질문하던 것이 기억난다.
　"데릭! 너 지금 어느 별에 있는 거니? 화성이냐? 달이냐?"
　좋아, 이젠 지구에 돌아온 것 같다. 지구도 다른 별들만큼 흥미로운 행성이다.
　이 수첩에 일기를 쓰는 것이 내게 좋은 영향을 준다.
　집에서도 모든 것이 아주 순조롭다. 이제는 권태롭지 않다. 식구들은 아기 이름을 무엇으로 지을까 하는 문제로 여념이 없다. 그리고 전에 아빠가 서재로 쓰던 방을 아기 방으로 고치고 있다.

물론 비뉴 생각이 가끔 난다. 솔직히 말하면 아네트가 좀 보고 싶다. 하지만 진짜로 다시 만나면 거북할 것 같다. 아네트는 내가 자신을 속인 것에 대해 매우 화가 나 있을 것이다.

그러나 뭐니 뭐니 해도 가장 보고 싶은 사람은 비두이다. 어렵게 살아가는 그 애가 생각날 때면 우울해진다. 비두를 돕기 위해 무슨 일이든 할 수 있다면 좋겠다. 하지만 비두는 나를 경멸하고 있을지도 모른다. 뤼도빅과 나를 비교하면 더 그렇겠지. 그 녀석이 돌아온 것이 내게 얼마나 큰 타격이었는지! 그때 나는 마치 악몽의 기억처럼 사람들의 마음에서 완전히 지워진 존재가 되었다.

그렇지만 그 모든 것은 꿈이 아니다. 실제로 일어난 일이다. 그리고 비두와는 정말 호흡이 잘 맞았다. 내가 진짜 친구를 사귄 것은 그때가 처음이었다.

잭의 경우는 조금 다르다. 잭은 같은 또래가 아니기 때문이다. 그리고 잭을 다시 만났지만 예전과 같은 느낌은 아니었다. 아카시아 단지에 사는 누구와 만나도 그랬다.

그 애들도 내 이야기를 알고 나서 깜짝 놀란 것이 확실하다. 텔레비전을 통해 그들도 내가 겪은 이야기들을 모두 알고 있었다. 텔레비전은 내가 직접 경험한 것보다 더 자세히 나에게 일어났던 사건을 전달했다.

내가 아카시아 아파트 단지에 도착하자 아카시아 아파트 패거리들이 모두 나와서 나를 빙 둘러쌌다. 그들은 내가 영웅이라고까지 생각했다. 예전 같았으면 나도 그런 사실에 흥분했을 것이다.

하지만 지금의 나는 그런 것에 별 관심이 없다. 다른 사람들에게 멋지게 보이는 것 말고도 인생에는 더 중요한 일이 많다.

잭은 내게 매우 친절했지만 그 역시 나를 만나는 것 말고 다른 할 일이 있었다. 잭은 스트로베리 밴드와 함께 있는 시간이 점점 많아졌다. 그들은 샤티용 청소년 회관에서 열릴 콘서트를 준비하고 있다. 밴드에는 여자 보컬이 한 명 있다. 신디라는 열일곱 살 먹은 야심만만한 여자아이인데, 잭이 그 애에게 푹 빠져 있다. 신디는 잭을 제대로 이용하고 있었다. 더욱 기가 막힌 것은 바르부가 그 밴드에 들어갔다는 사실이다. 신시사이저를 연주한다는데 그 말을 들은 모든 사람들이 얼떨떨해했다. 연습 무대에 가서 보니 음악은 괜찮았지만 바르부는 밴드에 필요 없는 존재 같았다.

잭이 밴드에 바르부를 가입시킨 진짜 이유는 바르부가 약물중독을 치료하기 위해 재활 프로그램을 받고 있기 때문이다. 그 사실은 모든 사람을 감동시켰다. 하지만 바르부는 스트로베리 밴드가 곧 유명해지고 돈도 잘 벌 것이라는 확신에 따라 부스러기라도 얻고 싶은 마음에 참여한 것이 분명했다.

잭은 그렇게 항상 속아 넘어간다. 나는 아직 어리고 노래도 엉망이며 연주할 줄 아는 악기도 없다는 핑계로 밴드에 끼지 않았다. 앞으로도 절대로 스트로베리 밴드의 단원은 되지 않을 것이다.

나는 잭에게 작가가 되고 싶다고 말했다. 잭은 이야깃거리를 많이 가지려면 다시 여행을 하라고 대답했다. 잭의 말에 나는 그렇게 생각하지 않는다고 반박했다. 여행을 해도 아무런 교훈을 얻지 못한다면 소용없는 짓이며, 집에 머무르면서도 다른 사람들을 관찰하면서 많은 것을 배울 수 있다고 말이다.

결론적으로 내가 한 모험 덕분에 나는 내 주변을 관찰할 수 있게 되었고 좀 더 성장할 수 있었다. 내가 쓰려고 하는 소설들은 단순한 모험소설 이상이다. 말하자면 현실 세계에 대한 성찰이 가득한 소설이다. 소설을 쓰기 위해 지구 반대

편까지 찾아가야 할 이유는 없는 것 같다. 지금 일어나는 일들을 잘 살펴보고 내 방식대로 옮기는 것으로 충분하다. 세상에서 가장 불가사의하고 놀라운 일은 우리 자신의 깊은 곳에서 발생한다고 나는 확신한다.

나는 이제 곧 열다섯 살이 된다. 빨리 열다섯 살이 되고 싶어 조바심이 난다. 물론 열여섯 살로 곧장 건너뛸 수 있다면 더욱 좋겠지만 불행히도 나이에 관해서는 선택의 여지가 없다. 아쉬운 일이다. 나이를 선택할 수 있다면 많은 사람들이 흡족해할 텐데.

2011년 3월 3일

열다섯 살이 되었다. 부모님이 생일 선물로 줄 베른 전집을 사 줬다. 부모님도 내가 얼마나 독서를 좋아하는지 알게 된 것이다. 그래서 기뻐하는 것 같다.

하지만 지금 당장은 작가가 내 천직이라는 걸 말하지 않으려 한다. 열렬히 환영해 주지 않을까 봐 겁이 나기 때문이다.

마들렌 고모도 집에 찾아와 내게 생일 선물을 주었다. 꽤 멋진 스웨터와 모자였다. 그러고는 나를 데리고 산책을 나갔다. 우리는 고모의 농담과도 같이 연인처럼 센강을 따라 걸었다. 물론 고모는 내 모험담을 듣고 싶어 했다. 나는 부모님에게 한 것보다도 더 많은 이야기를 고모에게 해 주었다. 뤼도빅의 엄마 아빠도 그랬지만 우리 엄마 아빠도 질문을 많이 하는 편이 아니다.

그래서 나는 마들렌 고모에게 아주 많은 이야기를 들려주었다. 그러면서 나도 모르게 비두에 대해 많이 말했나 보다. 고모는 내 이야기를 다 듣고는 이런 말을 했다.

"데릭, 후회를 가진 채로는 잘 살 수 없어. 그 아이에게 편지를 쓰렴. 아마 그 애도 널 보고 싶어 할 거야. 어쨌든 편지에다 시원하게 속을 다 털어놓으렴."

진정한 우정을 발견한 건 사실이었다. 비두 같은 친구는 앞으로 평생에 걸쳐도 만나기 힘들 터였다. 동료들이야 분명히 생기겠지만 진정한 친구란 만나기 힘든 법이다. 진정한 친구를 만나면 모든 것이 달라진다.

집에 돌아온 뒤로 나는 동네를 혼자 산책하며 상상 속의 비두와 이야기하는 버릇이 생겼다. 저녁이면 잠들기 전에 상상속의 비두에게 두세 가지 이야기를 해 준다. 아니면 같이 수업을 받고 있다고 상상하기도 한다. 이런 건 아무에게도 말하지 않았다. 내가 미쳤다고 생각할 수도 있기 때문이다.

또 한 가지 더. 나는 지금도 뤼도빅에게 질투심을 느낀다. 내 생각에 비두는 뤼도빅에 비해 순진하다. 그래서 뤼도빅은 비두를 강아지 정도로 여길 것이다. 나는 확신한다. 하기야 내가 뤼도빅에 대해 이러쿵저러쿵할 필요는 없다. 그렇게 잘난 체하고 거만한 부류는 정말 봐 줄 수가 없다.

2011년 3월 5일

무언가를 하긴 했는데 잘한 건지 잘못한 건지 모르겠다. 선물로 받은 것을 다시 다른 사람에게 선물한다는 게 칭찬받을 만한 일은 아니라는 건 알고 있다. 하지만 부모님이 내가 다시 기차나 배를 타고 떠나 버릴까 봐 용돈을 주지 않는 바람에 가진 돈이 없어 어쩔 수 없었다. 부모님이 염려하는 것은 나를 잘못 보고 있기 때문이다. 제멋대로 행동할 나이는 이미 지났다. 내 인생에서 모자라는 게 있다면 그건 바로 친구라는 사실을 이제야 알았다.

나는 쥘 베른 전집 중에서 내가 가장 좋아하는 책인 『그랜트 선장의 아이들』을 잘 포장해서 비두에게 보냈다. 그 속에 편지도 한 장 넣었다. 편지에는 비두를 정말 좋은 친구로 생각했으며 지금 어떻게 지내고 있는지 궁금하다고 썼다. 그리고 내게 너무 화내지 않았으면 좋겠다고 썼다.

비두가 답장을 해 준다면 얼마나 좋을까.

2011년 3월 10일

일주일 전부터 날마다 우체부 아저씨를 기다리며 유심히 살펴보았지만 모두 엄마 아빠의 우편물이었다. 그래서 오늘은 방에서 헤드폰을 끼고 음악을 듣고 있었다. 결과도 없이 기다리는 데 이력이 났기 때문이다.

그때 엄마가 들어와 뭐라고 말했지만 알아듣지 못했다. 엄마는 편지 한 장을 흔들더니 조금 짜증이 났는지 그대로 놓고 나갔다. 엄마는 내가 음악 듣는 걸 좋아하지 않는다.

나는 급히 편지를 살펴보았다. 비두에게서 온 것이었다.

내 친구 데릭에게

책을 보내 줘서 정말 기뻤어. 네가 편지를 쓸 거라고는 꿈에도 생각하지 못했기 때문에 더욱 그랬지.

사실 나는 네가 속인 것에 대해 원망하지 않아. 하지만 네가 뤼도빅이 아니라는 걸 알고는 실망했지.

너도 알다시피 뤼도빅은 자기 길을 정해서 가고 있기 때문에 예전처럼 같이 이야기할 수 있는 화제가 적어진 것 같아. 아네트를 만났더니 그 애도 똑같은 생각을 하고 있더라고. 친오빠인데도 낯설다는 생각이 들 때가 있대! 참 인생이란 얄궂맞기도 해.

아네트도 네가 아주 좋은 사람이었다고 생각한대. 왜 가출을 했는지는 몰라도 말이야. 나는 내가 상관할 문제가 아니라고 생각해. 하지만 네 부모님은 정말 이해심이 깊으신 것 같아. 우리 부모님은…… 우리 아빠는 편찮으셔서 집에 계시지만 차도가 없어. 언젠가 파리에 갈 수 있게 된다면 너희 집에 가 보고 싶구나. 안녕.

비두

나는 편지를 읽으며 기뻐서 펄쩍펄쩍 뛰었다. 그러다가 끝내는 우울해졌다. 비두를 다시 만나는 일은 너무 복잡할 거라는 생각이 들었기 때문이다. 나는 비뷰와 아네트를 생각하며 향수에 젖어 들었다.

나는 대형 할인 매장인 모노프리를 둘러보고 팔찌를 하나 샀다. 요즘 여자아이들이 많이 차고 다니는 것이다. 그것을 아네트에게 보냈다. 그리고 내가 너무 밉지 않다면 소식을 전해 달라는 메모를 동봉했다.

베르나르 가족을 괴롭히지 말아야 하지만 나로서는 그렇게 할 수밖에 없었다. 참을 수가 없는 것이다.

2011년 3월 11일

엄마와 단둘이 점심을 먹었다. 엄마가 물었다.
"무슨 걱정 있니? 기분이 안 좋아 보이는구나."
"그런 거 전혀 없어요."
엄마는 내가 거짓말한다는 걸 알고 화를 냈다.
"또다시 말썽 피우지 않았으면 좋겠어. 임신 중에는 훨씬 더 충격이 크거든. 그런데 왜 엄마와 이야기하려고 하지 않는 거니? 내가 뭘 잘못했니?"
엄마는 어쩔 줄 몰라 했다. 나는 그런 엄마를 보고 미안했다. 그래서 결국 다 털어놓고 말았다. 하지만 고통스런 노력이 필요했다.
"비뇨에서 친구를 한 명 사귀었어요. 보통 친구 이상인 친구예요. 말하자면 진정한 친구라고 할 수 있죠. 물론 그 애는 저를 뤼도빅으로 알았어요. 하지만 제가 뤼도빅이 아니라는 사실을 알고 나서도 절 원망하지 않고 다시 만나고 싶다는 거예요. 어떻게 해야 다시 만날 수 있을지 모르겠어요. 그 애 아빠는 병환이 굉장히 깊고 엄마는 성격이 아주 심술궂거든요. 게다가 집이 아주 가난해요. 그 애는 파리에 한 번도 와 본 적이 없대요. 그래서…… 보시다시피 힘들어요. 걱정되니까요."

그때 엄마가 내 말을 가로막았다.

"그 친구 이름이 뭐지?"

"비두요. 비두라고 해요."

"아, 데릭. 이제 넌 유치원생이 아니잖아. 친구 이름이 뭐냐고 물어보면 제대로 대답해야지. 비두는 그냥 애칭이잖아. 정식 이름이 아니라고. 그 애 진짜 이름을 말해 보렴. 엄마가 그 애 소식을 한번 알아볼 테니까."

"네, 알겠어요. 그 애 이름은 베르트랑이에요. 베르트랑 랑젤이요. 하지만 사람들이 그렇게 부르는 걸 한 번도 들은 적이 없어요. 그리고 이 일에 엄마까지 끼어들게 하고 싶지는 않아요."

왠지 모르겠지만 그렇게 말하는 내 얼굴이 찌푸려졌다. 엄마는 순교자처럼 눈을 들어 허공을 바라보며 한숨을 폭 내쉬었다.

"생각 좀 해 보자, 생각 좀."

엄마는 식탁을 정리하기 시작했다. 마음이 상했는지 그릇 부딪치는 소리가 크게 났다.

나도 내가 단순한 아이가 아니라는 걸 잘 안다. 하지만 별다른 수가 있을까? 어떻게 하면 나아질까? 물론 예전보다 나아진 면도 있다. 예를 들면 거짓말하는 횟수가 훨씬 줄어들었다. 하지만 끊임없이 생각을 계속하는, 말하자면 모든 상황을 다 상상해 보는 성격은 지금도 여전하다. 그런 건 정신 건강을 위해서도 좋지 않다. 그래서 대화 상대가 되는 친구가 있다는 건 좋은 일이다.

2011년 3월 12일

아네트로부터 편지 한 통을 받았다. 먼저 아네트는 선물을 보내 줘 고맙다고 했다. 그런 뒤 바로 비두 이야기를 전해 주었다. 가장 친한 친구에게 이야기하듯이 아주 편하게 썼다.

비두 오빠네 집 사정이 안 좋아졌어. 아주 안 좋아. 아저씨가 병원에 실려 가셨고, 아줌마는 꼭 미친 사람처럼 행동해. 비두 오빠에게 하루 종일 소리만 지른다니까. 돈만 까먹는다고 말이야. 내년에는 학교도 그만두게 하고 취직시킬 거래. 알다시피 비두 오빠는 공부하는 걸 참 좋아하잖아.

쥐도빅 오빠는 비두 오빠 일에 별 관심이 없어. 사라졌다 나타난 뒤로는 많이 달라진 거 같아. 오빠는 온통 배 타는 일에만 신경을 쓰고 있어.

물론 너와 연락하는 건 아무에게도 알리지 않았어. 가족들 모두 아무 일도 없었던 것처럼, 모든 것이 정상인 듯 생활하고 있으니까 괜히 시끄럽게 할 필요는 없잖아.

다시 비두 오빠 이야기를 하면 앞으로 어떻게 될지 걱정이야. 우리 부모님도 걱정하신다니까. 비두 오빠를 위해 어떻게 하면 좋겠어? 아저씨가 돌아가시면 아줌마가 더 성화를 부릴 텐데. 생각만 해도 끔찍해. 어떻게 해야 좋을지 좀 알려 줘. 안녕.

아네트

문체에서 아네트의 발랄함이 느껴졌다. 하지만 편지를 읽은 나는 침대에 못 박힌 듯 꼼짝하지 못했다. 우울한 마음뿐이었다. 어떻게 하지? 어떻게 해야 하나?

2011년 3월 13일

 비두 아버지가 돌아가셨다. 그냥 베르트랑이라고만 서명된 부고장을 받았다. 차마 직접 편지를 쓸 용기가 나지 않았나 보다. 나 역시 슬픔으로 몸을 가누지 못할 정도였다. 비두 엄마가 이 일을 기회로 비두를 더 못살게 굴지 않았으면 좋겠다.

 부모님은 내가 너무 답답해했기 때문에 저녁에 아카시아 단지로 바람 쐬러 나가는 것을 허락해 줬다. 하지만 그렇게 해도 옛날처럼 재미있지 않았다.

 스트로베리 밴드 연습장에 가서 잭과 몇 마디 나누는 것이 전부였다. 그것도 잭이 신디 앞에서 넋을 잃고 있을 때는 그렇게 하지도 못한다. 밴드 단원들은 전부 맥주를 마신다. 특히 바르부가 심하다. 그 녀석에게는 점점 더 진절머리가 난다. 결국 나는 너구리 굴처럼 담배 연기가 자욱한 지하실을 빨리 빠져나가려고 온갖 구실을 찾아내서 집으로 돌아왔다. 조금 울적한 기분으로.

 밤이 되면 베란다에 앉아서 엠피스리를 들으며 도시의 불빛이 반짝거리는 광경을 바라본다. 우리 아파트에서는 주택이 빼곡히 들어찬 샤베유 계곡 전체가 보인다. 변두리 지역은 밤이면 불꽃놀이와 같은 멋진 광경을 연출한다. 하지만 아침이면 꺼져 버린 크리스마스트리처럼 볼품없는 모습을 그대로 드러낸다.

내 눈앞에 상상의 나래가 펼쳐진다. 저녁 여덟 시가 되면 블랑셰트와 파피용이 외양간으로 돌아온다. 파푸유가 배를 긁어 달라고 다가오는 모습도 보인다. 아, 이 푸른 수첩이 아니라면 도대체 누구한테 그 새끼 돼지가 보고 싶다는 마음을 털어놓을 수 있을까?

아네트에게 답장을 썼다. 비두 문제를 해결해 보기 위해 머리를 짜내는 중이지만 지금으로서는 좋은 생각이 나지 않는다고 썼다. 비두에게도 편지를 썼다.

위로의 편지를 쓴다는 것이 쉬운 일은 아니었다. 세 시간을 끙끙거렸지만 겨우 세 줄밖에 쓰지 못했다. 상중에는 어떤 말로 위로해야 하는지 전혀 모르기 때문이다. 머리에 떠오르는 대로 쓰다 보니 우스꽝스럽고 완전히 실례되는 표현이 되어 버렸다.

그리하여 휴지만 수북이 쌓였다. 결국 최후의 수단으로 엄마에게 달려가 조문 편지를 어떻게 써야 하는지 물어보았다.

엄마가 깜짝 놀라며 물었다.

"누가 돌아가셨는데?"

"비두네 아버지요."

"아, 네 친구 베르트랑 말이구나."

엄마는 잠시 생각에 잠기더니 이마를 찡그리며 말했다.

"왜 나한테 아무 말도 안 했니? 문제가 생기면 나한테 상의하라고 했잖아."

나는 의자에 앉아 비두네 가족과 비두 아버지의 병환에 대해 말했다. 그리고 지금 비두 엄마가 비두더러 학교에 그만 다니라고 한다는 사실도 말했다.

엄마는 고개를 끄떡이며 열심히 들었다.

"그러니까 그 애에게 뭔가 해 줬으면 좋겠다는 거지?"

"네, 하지만 어떻게 해야 할지 잘 모르겠어요."

"생각 좀 해 보자. 우선 조문 편지는 이렇게 써 보렴. '사랑하는 비두야. 네 소식에 무척이나 가슴이 아프구나. 네가 지금 어떤 마음인지 알 수 있을 것 같아.' 그리고 위로의 포옹을 보낸다고 서명하면 어떻겠니?"

엄마는 내 생명의 은인이다. 엄마가 불러 준 대로 적고 나니 쓰고는 싶었지만 어떻게 써야 할지 몰랐던 내용이 다 들어가 있었다. 그러면서도 간결하다는 점이 아주 마음에 들었다. 타고난 성격상 나는 그렇게 간결하게 쓰지 못한다. 너무 생각이 많기 때문이다. 게다가 항상 좋은 생각이 아니라는 점이 문제다.

2011년 4월 2일

시간이 꽤 흘렀다. 요새는 일기 쓰기에 조금 소홀했다.

샤티용의 생활에 다시 몰두하는 것이 그리 쉬운 일은 아니었기 때문이다. 하지만 이곳에 돌아온 뒤로 긍정적인 점들이 많이 생겼다. 특히 모두가 놀랄 정도로 학교 성적이 좋아졌다. 국어와 역사에서는 최고점을 받았다. 이대로만 계속한다면 우등생으로 이 학년에 올라갈 것이다. 국어 선생님이 그렇게 말했다. 내가 이미 중학교 이 학년 공부를 했다는 걸 선생님이 안다면…….

그러나 좋지 않은 점도 있다. 너무 갑작스럽게 떠나와서인지 비뉴가 그립다. 그곳에서 처음으로 진정한 친구를 만났지만 그 친구를 영원히 볼 수 없을 것 같아 더욱 아쉽다. 그런 친구는 절대로 다시 만날 수 없을 것이다. 어느 누구도 그 친구를 대신할 수 없으리라고 확신한다. 아! 생각을 다른 쪽으로 돌려야겠다.

2011년 4월 10일

아네트가 다시 편지를 보냈다. 저번 편지보다 더욱 심각한 내용이었다.

보고 싶은 데릭에게

나 역시 널 다시는 만나지 못한다고 생각하니 가슴이 아파. 많이 아픈 것 같아. 왜냐고? 설명하긴 어렵지만 지금까지 내 느낌은 틀린 적이 없었어.

그건 그렇고 비두 오빠 문제를 너와 상의하고 싶어서 다시 편지를 쓰는 거야. 네가 비두 오빠를 위해 할 수 있는 일이 없다는 건 잘 알지만 난 아직도 우리가 좋은 방법을 찾아내리라 기대하고 있어.

비두 오빠네 엄마는 남편을 땅에 묻자마자 아나톨 영감이라는 늙은 주정뱅이와 어울리기 시작했어. 마을에 퍼진 소문으로는 그전부터 벌써 왔다 갔다 했다는 거야. 하지만 너도 알다시피 난 그런 험담에는 별로 관심이 없어. 내가 관심을 갖는 건 비두 오빠의 장래에 관한 일이야. 그 두 숙꾼은 비두 오빠를 혹사하고 못살게 굴면서 즐거워한다니까. 그러면서도 비두 오빠네 엄마는 비두 오빠때문에 돈을 다 써서 이제 먹여 살리기도 힘들다고 해. 아무리 못된 아줌마였어도 그렇게까지 심하진 않았는데 이제 술에 절어서 자기도 모르게 주정거리는 거 같아. 한마디로 아줌마는 비두 오빠를 세상에 둘도 없는 백수건달로 취급하고 있어. 그래서 곧 취직시킬 거라고 말하고 다녀.

이만 줄여야겠다. 지금 방에서 쓰고 있는데 뤼도빅 오빠가 곧 들어올 것 같아. 뤼도빅 오빠한테 일부러 숨기는 건 아니지만 너에게 편지를 쓴다는 걸 알면 기분 나빠할 거야. 난 어느 누구도 화나게 하고 싶지 않거든.

그럼 안녕.

아네트

나는 편지를 읽고 또 읽었다. 학교에서도 하루 종일 편지 생각만 했고, 집에서 저녁을 먹으면서도 우울한 표정을 감출 수 없었다.

부모님은 아기 이름을 무엇으로 지을까를 놓고 열심히 토론했다. 엄마는 남자아이라면 오렐리앙이나 아드리앙이라고 하기를 원했고, 아빠는 앙리라는 이름을 내세웠다. 여자아이가 태어나면 엄마는 제랄딘이라고 짓기를 바랐고, 아빠는 소피라고 지어야 한다고 응수했다. 그러다 보니 좀처럼 합의가 이루어지지 않았다. 며칠 전부터 저녁마다 그런 광경이 계속되었다.

그런 토론에도 내가 아무 말 없이 밥을 뜨는 둥 마는 둥 하자 엄마가 이야기를 멈추고 물었다.

"무슨 일 있니?"

"아니에요, 그냥 배가 고프지 않아서 그래요."

나는 식탁에서 일어나 방으로 갔다. 엄마가 따라와 이것저것 물었다. 나는 엄마에게 비두 소식을 전했다.

"불쌍해서 어떡하니."

엄마는 잠시 생각에 잠기더니 내 머리를 어루만지며 너무 걱정하지 말라고 속삭였다.

"애야, 내 생각엔 곧 좋은 방향으로 해결될 수 있을 것 같구나."

엄마는 내게 뽀뽀해 주며 잘 자라고 했다. 마치 내가 다섯 살짜리 어린애인 것처럼 말이다.

엄마가 비두의 상황을 정확히 이해한 건지는 잘 모르겠다. 임신한 뒤로는 모든 문제를 너무 가볍게 여기는 것 같다.

2011년 4월 17일

부활절 방학이다. 지루해 죽을 것 같다.

2011년 4월 18일

엄마 아빠가 다시 어린애로 돌아가는 것 같다. 입에서 웃음이 떠나지 않고, 뭔가 비밀을 가진 양 행동한다. 게다가 그 나이에 서로 목에다 키스를 한다.

어제는 아빠가 노란 넥타이에 하늘색 양복을 입었다.

"어때, 끝내주지 않니?"

나는 눈썹을 올리며 그렇다고 대답했다. 사실은 텔레비전에 나오는 사회자 같은 복장이었다. 그렇게나 수수하던 아빠였는데.

"올해는 연초에 생각했던 것보다 훨씬 더 일이 잘 풀리는군."

아빠가 현관 거울 속에 비친 자기 모습을 황홀한 듯이 바라보며 말했다. 봄기운에 완전히 들뜬 것 같았다. 나는 반박하지 않았다.

"그럼요, 그럼요. 곧 여름이면 아기가 태어나니까요."

"맞아, 아기가 태어나지……. 그것 말고도 놀랄 일이 또 있지."

"아, 그거요. 제 성적이 좋아졌다는 거."

"맞아, 하지만 너도 알다시피 중요한 건 성적이 아니라 가족 모두가 함께 있다는 거지."

헉! 아빠가 그런 말을 하다니! 진작 그럴 것이지. 그랬으면 가출도 하지 않았을 텐데.

"그거 말고도 좋은 소식이 또 있단다. 너도 곧 알게 될 거야."

아빠가 뭔가 감추는 듯한 표정으로 덧붙였다. 그러고는 외출하려고 몸을 일으켰다가 다시 말했다.

"말이 나왔으니 말인데 아빠가 오늘 잠시 여행 좀 다녀오려고 하는데 네가 엄마를 잘 지켜 주렴. 그럴 수 있겠지?"

"물론이죠. 걱정 마세요."

그러면서 나는 "이번에는 여행?"이라고 중얼거렸다. 나랑 배가 풍선처럼 부풀어 오른 엄마만 집에 남겨 두고?

이상하다. 요즘엔 두 분 다 정말 이상하다.

2011년 4월 20일

아빠가 말한 놀랄 일이란 정말 엄청난 사건이었다.

어제 아침, 엄마가 식탁에 그릇 놓는 걸 도와 달라고 하면서 사 인분을 준비하라고 했다.

"점심때 아빠가 돌아오실 거야."

"엄마, 그런데 또 한 명은 누구예요?"

"곧 알게 될 거야."

'자세히도 알려 주시는군요. 고마워요.'

나는 속으로 생각했다.

식탁을 차린 뒤에 나는 방으로 가서 엠피스리를 들었다. 잠시 후 엄마가 큰 소리로 불렀다.

"데릭! 데릭! 어서 나와 인사하렴!"

헤드폰을 낀 채 거실로 나온 나는 나도 모르게 날카로운 비명을 내질렀다.

거실에는 아빠가 의기양양한 표정으로 서 있었다. 그리고 그 애가…… 그 애가 서 있었다. 바로 비두였다! 나는 그 자리에 얼어붙은 듯 꼼짝도 하지 못했다.

"어이, 친구. 날 보고 인사도 안 하니?"

비두가 말했다.

"해야지."

나는 기계적으로 손을 내밀었다. 마치 우리가 처음 만났을 때처럼.

"왜 그래, 안아 주지도 않니? 그렇게 비두만 찾더니 말이야."

엄마가 말했다. 전에 미슐린 아줌마가 말했던 것처럼.

나는 웃으며 비두를 끌어안았다. 우리는 서로 끌어안은 채 등을 두드렸다.

"깜짝 놀랐지? 기분 좋으냐?"

아빠가 물었다.

"네, 그럼요!"

"비두 엄마를 설득해서 부활절 방학 일주일 동안 우리가 데리고 있겠다고 했어. 네가 얼마나 많이 잘못을 반성하고 있으며, 비두를 얼마나 보고 싶어 하는지 설명했거든. 그렇게 해서 비두가 우리 집에 오게 된 거지."

"정말 멋진 일이지?"

비두가 신이 나서 말했다.

잠시 후, 우리는 내 방으로 가서 수많은 이야기를 나누었다.

비두는 자기도 나를 다시는 못 만날까 봐 걱정했다고 털어놓았다. 나는 비두에게 파리 구경을 시켜 주겠다고 약속했다.

점심 식탁에서 엄마 아빠는 비두에게 아주 상냥하게 대해 주었다. 비두가 얼마 전 아빠를 여의었고, 내게서 비두에 대해 들은 이야기가 있기 때문이다.

"내일 에펠탑과 샹젤리제를 구경시켜 주마."

아빠가 약속했다.

"세상에!"

비두는 크게 놀라며 부모님이 진짜 친절하다고 말했다.

오후에 우리는 스트로베리 밴드가 연습하는 지하실로 갔다. 비두는 그리 까다로운 아이가 아니어서 모든 게 멋지다고 했다. 신시사이저 위에 엎어져 있는 바르부까지 그렇다는 거였다.

그날 밤은 정말 즐거웠다. 내 침대 옆에 매트를 하나 더 깔면서 처음으로 나는 형제 같은 친구가 한 명 생겼다는 느낌을 받았다. 우리는 새벽 두 시까지 이야기했다.

오늘 내 기분은 최고다. 비두도 그렇다. 우리는 샤티용 거리를 산책했다. 상점들이 문을 닫아 거리에는 고양이 한 마리 없었다. 그래도 비두는 만족했다. 정말 까다롭지 않은 아이다.

"내 일생에서 최고로 멋진 방학이야. 난 정말 놀랐어. 결코 잊지 못할 거야, 뤼도……. 미안, 아직 데릭이라고 부르는 데에 익숙하지 않아서 그래."

"잘 생각해. 난 걔가 되기보다는 내가 되는 걸 더 좋아해."

우리는 서로 마주 보며 웃었다.

"그런데 걔는 어떻게 됐어?"

내가 무심한 듯 물었다.

비두는 약간 망설이다가 입을 열었다.

비두가 다른 사람에 대해 나쁜 말을 잘 못한다는 건 나도 안다. 하지만 한눈에 보아도 뤼도빅에게 실망한 것 같았다.

"걔는 걔대로 자기 세계에서 지내지. 이제는 약간 낯선 느낌이야. 뤼도가 내 어릴 적 친구이긴 하지만 이제 서로 달라져 가는 것 같아."

그러면서 비두는 어쩔 수 없는 일이라는 표정을 지어 보였다. 나는 그런 사실이 몹시 반가웠지만 비두에게 내색은 하지 않았다.

2011년 4월 28일

"비두가 집에 돌아가는 날이라서 슬프구나?"

아침에 엄마가 물었다.

"사실대로 말하면 그래요. 정말 재미있게 지냈거든요. 게다가 비두가 비뉴에 돌아가 어떤 상황에 처할지를 생각하니……."

나는 한숨이 나오는 것을 참을 수 없었다.

"힘을 내, 아들. 아빠하고 내가 생각해 둔 게 또 있으니까."

"뭔데요? 말씀해 주세요!"

"나중에 말해 줄게."

엄마는 알쏭달쏭한 말을 남기고 입을 다물었다.

요즘 엄마는 무척 편안한 것 같다. 아프거나 피곤해하지도 않고 활력이 넘치는 모습에 몸집도 좋아졌다. 아기 이름은 앙리가 될지 아드리앙이 될지, 제랄딘일지 소피일지 아직 정해지지 않았다. 하지만 모든 게 잘되어 가고 있다.

도대체 부모님이 비두에 관해 어떤 일을 꾸미고 있는지 궁금하다.

2011년 4월 29일

어제 아빠가 비두를 데리고 비뉴로 갔다. 비두가 떠나는 것을 보니 가슴이 너무 아팠다. 비두도 얼굴빛이 좋지 않았다.

비두가 우리 부모님한테 감사 인사를 했다. 엄마가 다정히 포옹해 주자 비두는 울음을 터뜨릴 것 같았다. 하지만 잘 참고 용감하게 미소를 지었다. 아빠가 비두를 데리고 나갔다. 나는 창문가로 달려가 다시 작별 인사를 했다. 엄마가 말했다.

"정말 착한 아이구나. 좋은 친구를 사귀게 되어 엄마도 기쁘단다."

나는 머리가 아파 와 다시 헤드폰을 썼다.

4월 29일 계속

또다시 믿을 수 없는 일이 일어났다. 기적과도 같은 일이었다. 무슨 일인지 설명하자면 이렇다.

아빠는 비뉴까지 비두를 데리고 갔다. 그리고 그 불쌍한 여인네를, 다시 말해 비두 엄마를 만났다고 한다.

비두 엄마는 아나톨 영감과 있었는데 아빠에게 같이 한잔

하자고 권했다고 한다. 그러면서 비두에 대해 험담을 늘어놓기 시작한 것 같다. 그들로서는 비두가 너무 큰 짐이어서 예전처럼 학교에 보내면서 키울 수 없을 거라고 했단다.

아빠는 그 못된 사람들이 마음대로 지껄이도록 놔두었다가 부드럽게 말을 건넸다.

"그래요, 요즘 애들은 다루기가 어렵지요. 저도 잘 알아요. 저희 애만 해도 가만히 있지를 못해요. 친구가 없다고 늘 불평이죠. 만약 두 분이 비두를 저희에게 맡겨 주신다면, 이번 학기가 끝나자마자 파리로 데려가 저희 아들과 같이 공부하도록 돌봐 주고 싶어요. 물론 양육비는 저희가 부담하지요. 걱정하지 마세요. 그렇게만 해 주신다면 정말 좋겠습니다."

그 말을 듣고 두 악당은 서로 마주 보며 불신에 찬 눈초리를 교환하였다. 비두라는 천덕꾸러기가 없어진다면 자기들이 어떻게 될지 가늠해 보는 것이 틀림없었다. 하지만 그런 사실을 곧이곧대로 아빠에게 털어놓지는 못했다. 아빠의 바르고 정직한 이미지가 그들에게 큰 인상을 주었기 때문인 듯했다.

비두 엄마가 갈라진 목소리로 물었다.

"대체 왜 그 귀찮은 녀석을 떠맡으려는 거예요?"

"그냥 허락해 주시면 고맙겠습니다, 부인. 비두 덕분에 우리 아들 녀석의 학교 성적이 엄청나게 올랐거든요. 성격도 많이 침착해졌고요. 비두를 가까이에 두고 있으면 저희가 안심할 것 같습니다."

그러자 그 심술궂은 여자가 다시 한 번 강조했다.

"우린 양육비로 지급할 돈이 없어요."

그 말에 아빠는 어깨를 으쓱했다.

"부인, 아실지 모르겠지만 우린 곧 가족이 늘어납니다. 아내가 출산할 예정이지요. 그렇게 되면 비두가 아기를 돌봐 주거나 다른 일을 해서 도움이 될 수 있겠지요."

이 대목에서 우리 아빠의 천재적인 수완이 돋보였다. 그 무정한 사람들을 설득하자면 비두가 파리에 가서도 신데렐라처럼 궂은일을 도맡게 될 거라고 해야 했다. 그래야 마음이 편할 것이 틀림없기 때문이었다. 사실 비두를 위해 마련될 것은 평온한 삶이었지만 그들은 그런 사실을 조금도 눈치채지 못했다.

그래서 비두는 곧 파리로 올 예정이었다! 비두는 기쁨에 겨워 울었다고 했다.

아빠가 집에 돌아와 자초지종을 전해 주었을 때 나는 껑충 껑충 뛰며 아빠 목에 매달렸다.

"지금까지의 제 삶에서 가장 멋진 날이에요. 엄마, 아빠는 정말 최고의 부모님이고요."

엄마가 말했다.

"부모라는 건 힘든 직업이야. 어떻게 해야 하는지를 너무 늦게 알게 되거든."

"아니에요, 늦지 않았어요. 오히려 제가 오래전에 용서를 빌어야 했어요."

나는 잠시 말을 멈추고 자리에 앉았다. 방금 일어난 일이, 또 지난 몇 달 동안 내가 보고 겪은 모든 일이 나를 혼란에 빠뜨렸던 것이다.

"인생이란 정말 놀라운 일들로 가득해요. 상상력이 따라가지 못할 정도로요."

내 말에 아빠는 이렇게 말했다.

"네가 방금 한 말이 참 재미있구나. 비뉴에서 아주 약삭빠른 영감을 만났는데 그 영감도 너와 비슷한 말을 했단다. 그러고는 어깨를 들썩이며 웃었지."

나는 의자에서 벌떡 일어나 외쳤다.

"다뤄 영감! 다뤄 영감을 조심해야 해!"

하여튼 결론을 내는 것은 노상 그 다뤄 영감이어야 하나 보다.